图解国学经典

全图本

唐诗三百首评注

（清）蘅塘退士　选编

马辰仁　褚树青　刘成国　晏选军　评注

浙江古籍出版社

前　言

中国是诗歌的国度，唐代更是古典诗歌最发达的时代，唐诗成为中华民族最优秀的精神遗产之一，影响久远且巨大。明清时俗谚说："熟读唐诗三百首，不会作诗也会吟。"通俗地形容了唐诗对人们学诗的典范作用。"三百首"的数量，除了遥接"诗三百"的典故之外，还巧妙地表达了人们对读唐诗取精用宏的态度。

唐代近三百年间，诗坛名家辈出，流派纷呈，题材全备。从初唐的陈子昂，到盛唐的王维、李白、杜甫、孟浩然、高適、岑参，中唐的白居易、元稹、刘禹锡、李贺，至晚唐的杜牧、李商隐等等，都为人们呈献上许多优秀的诗篇，拨动了一代又一代人们的心弦，滋润着一代又一代的诗人。清代编纂的《全唐诗》虽是一部很不完备的唐诗总集，却也收录了二千八百多位诗人的四万九千四百多首诗。面对浩如烟海的唐诗，抄录、印刷、阅读显然是困难的，普及和流播更是不易，选本就应运而生了。

历代唐诗的选本，难以计数。从唐代殷璠的《河岳英灵集》开始，千余年间，各代都有唐诗选本，但流传最广、影响最大的，应是清代蘅塘退士选编的《唐诗三百首》。从那时起，《唐诗三百首》几乎成为童蒙学诗、士人谈诗、作者写诗的范本，至今仍脍炙人口，吟诵不绝。

《唐诗三百首》有如此久远而巨大的影响，是有原因的：一是诗体完备。中国古典诗歌发展到唐代，已是诸体完备了。八卷《唐诗三百首》，包括五古、七古、五律、七律、五绝、七绝、乐府等体裁，一册在手，得诗体之大观，无疑有助于欣赏和学习。二是精品荟萃。《唐诗三百首》所选的诗歌，绝大多数是唐诗的精品，也是诗人一生创作的代表作。陈子昂的《登幽州台歌》、张九龄的《感遇》等诗，不但是初唐古诗中最负盛名的作品，而且是这些诗人最杰出的代表作。至于李白、杜甫、王维、白居易、李贺、杜牧等诗人的作品，入选的也是他们诗作中的精品。浏览《唐诗三百首》，恰如参观博物馆，展品总是馆藏的精华，唐诗的基本面貌和诗艺高峰，得以领略。三是包融多彩。《唐诗三百首》入选诗作，大多是大诗人的作品，也有当时并不以诗著名但有一两首杰作传世的诗人的作品。例如那位怀才不遇的金昌绪，生前藉藉无闻，但他的五绝《春怨》却以影响深远而得以入选。至于大诗人，多有几幅笔墨，时或刚健豪洒，时或婉约迤逦，异时异地，有所不同。《唐诗三百首》就分别收录了他们不同风格的诗作，使读者对诗人有一个较全面的印象。最后，《唐诗三百首》也注意选取语言平易、音调铿锵的诗作，既避免当时大多是儿童的读者受佶屈聱牙之苦，也使他们在朗朗上口的吟诵中体味唐诗的神韵。正是以上几种原因，使《唐诗三百首》成为二百多年来最普及的唐诗选本，影响了一代又一代读诗的人们。

《唐诗三百首》是蘅塘退士在乾隆二十八年（1763）编成，实际上是蘅塘退士和他的继室徐兰英合编的。蘅塘退士孙洙（1711—1778），字苓西（或作临西），号蘅塘退士（或作蘅堂退士），江苏无锡人。乾隆十六年（1751）中进士，当过卢龙、大城、邹平县令。著有《蘅堂漫稿》。孙洙编选唐诗，本来"为家塾刻本，俾童而习之"，只供族人儿童学习之用，后来却成为了传播广远的唐诗选本。当然，因为时代和编选者的局限，也有少数不该选的诗入选，也有该入选的诗未选上，思想与眼光，因时因人而异，不能苛求。

《唐诗三百首》历来注本甚多，有的考订详尽，有的诠释精到，也有借题发挥的，不一而足。我们这个版本，参考了前人的注本，尽可能以简明扼要、平易通顺的注释和评析文字，帮助读者了解诗歌本身，不做繁琐的诠释考订。我们认为，读者通过对诗歌文本的感受体味，也许更能领略诗歌的真谛。希望《唐诗三百首》的读者，能从中感受中国古典诗歌的丰茂华赡，体会中华优秀传统的博大精深。

陈　铭

目 录

卷八　七言绝句

张九龄

感 遇 二首

兰叶春葳蕤，桂华秋皎洁。 ①

欣欣此生意，自尔为佳节。 ②

谁知林栖者，闻风坐相悦。 ③

草木有本心，何求美人折。 ④

①葳蕤：形容枝叶繁茂。桂华：桂花。 ②自尔：自
然而然。 ③林栖者：隐居山林的人。坐：因。 ④本心：
自身的品质。

张九龄（673 或 678—740），字子寿，韶州曲江（今广东韶关西南）人。长安进士。开元间累官至中书侍郎、同中书门下平章事，迁中书令。敢于直言，后为李林甫所谮，罢为荆州长史。诗作淡雅质实，开唐诗清淡一派风格。有《曲江集》。

感遇二首

江南有丹橘^{jú}，经冬犹绿林。

岂伊地气暖，自有岁寒心。①

可以荐嘉客，奈何阻重深。②

运命唯所遇，循环不可寻。③

徒言树桃李，此木岂无阴。④

①**地气**：地方的气候。　②**荐**：赠送。　③**循环**：既指一年四季循环不断，又指人的命运福祸不定。　④**阴**：同"荫"，树荫。

用春兰、秋桂、丹橘比喻品格高洁的人，是自《诗经》《楚辞》以来常用的题意。这首诗进一步强调品格高洁的人具有独立的精神，不随便依附，也不更改信念。张九龄在得罪权贵被贬官后写的这几首诗（共十二首，选二），以物喻人，以物明志，口气从容，态度坚定。《唐诗归》云："平平至理，非透悟不能写出。""感慨蕴藉，妙于立言。"

李白

下终南山过斛斯山人宿置酒

暮从碧山下，山月随人归。①

却顾所来径，苍苍横翠微。②

相携及田家，童稚开荆扉。③

绿竹入幽径，青萝拂行衣。

欢言得所憩，美酒聊共挥。④

长歌吟松风，曲尽河星稀。⑤

我醉君复乐，陶然共忘机。⑥

①山：指终南山，在今陕西西安南，秦岭山峰之一，是著名的道教修真之地。　②顾：回头望。翠微：清翠的山林。　③荆扉：用小树条编成的院门。　④挥：举杯。⑤松风：指《风入松》，当时的杂歌曲调之一。　⑥陶然：快乐的样子。忘机：忘却世间机巧奸诈的心思。

李白(701—762)，字太白，号青莲居士，祖籍陇西成纪（今甘肃静宁西南），生于碎叶（在今吉尔吉斯斯坦北部托克马克附近）。五岁时随家人迁居绵州昌隆（今四川江油）青莲乡。二十五岁离蜀漫游天下，诗名大振。天宝初应诏入京，供奉翰林，但始终未能一展抱负，三载后"赐金放还"。"安史之乱"时因参与永王李璘军务，为肃宗猜忌，流放夜郎，途中遇赦。晚年游行于长江中下游一带，死于当涂。李白是唐代伟大的诗人，他以浪漫主义的想象和夸张绚丽的语言，把唐诗艺术推向高峰，对中国古代诗歌的发展起了巨大的作用，被后人称为"诗仙"。有《李太白集》。

本篇写诗人到终南山访问朋友，双方欢聚畅饮的全过程。诗中通过对幽静美好的山野景色的描写，表达了对友人的真挚情谊，抒发了自己怀才不遇的思想感情。诗意醇郁，清新自然。《唐诗评注读本》云："先写景，后写情；写景处字字幽靓，写情处语语率真。"

月下独酌

花间一壶酒，独酌无相亲。

举杯邀明月，对影成三人。①

月既不解饮，影徒随我身。

暂伴月将影，行乐须及春。②

我歌月徘徊，我舞影零乱。
pái huái

醒时同交欢，醉后各分散。

永结无情游，相期邈云汉。③
miǎo

①对影：对着自己的影子。
②将：和。及春：趁着大好春光。
③无情游：忘却世俗感情的游伴。期：订约。邈：远。云汉：天河。

　　一个人喝闷酒，本是冷清寂寞的事。诗人把独酌放在月下，又把月与影拟人，成为三个志趣相同的朋友欢聚，于是喝酒、唱歌、跳舞，热闹了一番，烘托出一个热闹的场面来。这首诗除了表现诗人不同流俗的高傲之外，还表现了诗人丰富的想象力，化物为人，化静为动。构思新颖，情思旷逸。《唐宋诗醇》云："千古奇趣，从眼前得之。尔时情景，虽复潦倒，终不胜其旷达。"

燕草如碧丝，秦桑低绿枝。①

当君怀归日，是妾断肠时。

春风不相识，何事入罗帷？②

李白

春思

①燕：指古时燕国所属领地，泛指今河北北部、辽宁西部一带。秦：指古时秦国属地，泛指今陕西中部、甘肃东南部一带。与燕地相比，秦地春天来得早些，所以秦地的桑树绿叶低垂时，燕地的草才如绿丝。　②罗帷：丝织的帐子。古时常指代女子闺房。

诗直截写出春天来临时秦地妇女思念远戍燕地的丈夫的情怀。诗中借燕草、秦桑，点明夫妻分别居留的地点。又借春风吹动丝帐子，表达心中激荡的思恋。草木、春风的描写，都加强了相思的力度。末句以反诘春风作结，更见其情苦。《唐宋诗醇》云："古意却带秀色，体近齐梁。"

岱(dài)宗夫如何，齐鲁青未了。①

造化钟神秀，阴阳割昏晓。②

荡胸生层云，决眦(zì)入归鸟。③

会当凌绝顶，一览众山小。④

杜甫

望岳

①岱宗：岱是泰山的别名。泰山是五岳之首，古以为诸山所宗，所以尊称为"岱宗"。齐鲁：泛指山东半岛。春秋时齐国在泰山北面，鲁国在泰山南面。 ②割：分开。 ③决眦：睁大眼睛。眦，眼眶。 ④会当：总会。凌：登上。

这是杜甫青年时代的作品，有一股豪迈奋发的气概。诗人想象登上泰山绝顶后，俯瞰齐鲁大地所见到的宏观景象。笔下的大场景、大气势，使读者振奋。从审美观念来看，诗人笔下的泰山包容巨大的空间和漫长的历史，给人以壮美的感受。"会当凌绝顶，一览众山小"两句，最能表达青年人向上奋进的豪情壮志。《唐诗选脉会通评林》云："只言片语，说得泰岳色气凛然，为万古开天名作。句字皆能泣鬼磷而裂鬼胆。"

杜甫（712—770），字子美，祖籍襄阳（今湖北襄樊市襄阳区），生于巩县（今河南巩义西南）。数举进士不第，后得授右卫率府胄曹参军。"安史之乱"时被俘，困于长安，后投奔在凤翔即位的唐肃宗，得授左拾遗。又因上疏救房琯得罪肃宗，出为华州司功参军。不久弃官入蜀，后依剑南西川节度使严武，为节度参谋、检校工部员外郎。晚年出峡往湘湖，病逝于舟中。杜甫是唐代伟大的现实主义诗人，诗风沉郁顿挫，格律工整，手法丰富，规范了中国古典格律诗，成为后代作诗的楷模，被称为"诗圣"。有《杜工部集》。

人生不相见，动如参与商。^{shēn}①
今夕复何夕，共此灯烛光。
少壮能几时，鬓发各已苍。②
访旧半为鬼，惊呼热中肠。③
焉知二十载，重上君子堂。
昔别君未婚，儿女忽成行。
怡然敬父执，问我来何方。④
问答未及已，驱儿罗酒浆。⑤
夜雨剪春韭，新炊间黄粱。^{jiàn}⑥
主称会面难，一举累十觞。^{shāng}⑦
十觞亦不醉，感子故意长。⑧
明日隔山岳，世事两茫茫。⑨

此诗写于乾元二年（759）春，诗人时被贬为华州司功参军，从洛阳路过少年时的知交卫八住处。两人久别重逢，情感依旧。诗以平实的语气和凝重的感情，写重逢的快乐和即将分别的感叹；又用卫八二十年来家庭的变化，写出人世沧桑，使人读后感到人生聚散无常、别易会难。语言诚挚质朴，感情真切深厚。《杜臆》云："信手写去，意尽而止，空灵宛畅，曲尽其妙。"

杜甫

赠卫八处士

①动：动辄，往往。**参与商**：参星与商星。参星在西方，商星在东方，彼出此没，永不相见。　②苍：花白。　③热中肠：内心激动。　④父执：父亲的好朋友。　⑤罗：摆列。　⑥间：掺杂。　⑦累：接连。⑧故意：老朋友的情意。　⑨山岳：指西岳华山。

佳人

绝代有佳人，幽居在空谷。①
自云良家子，零落依草木。②
关中昔丧乱，兄弟遭杀戮。③
官高何足论，不得收骨肉。④
世情恶衰歇，万事随转烛。⑤
夫婿轻薄儿，新人美如玉。
合昏尚知时，鸳鸯不独宿。⑥
但见新人笑，那闻旧人哭。
在山泉水清，出山泉水浊。
侍婢卖珠回，牵萝补茅屋。
摘花不插发，采柏动盈掬。⑦
天寒翠袖薄，日暮倚修竹。

此诗写于乾元二年(759)秋。诗写一个士人的弃妇，坚守节操，甘于贫寂。"安史之乱"使唐代许多士大夫家庭破碎，生存者的生活也发生了很大变化。这便是诗作的张本。不过，佳人、夫婿、新人三种人物的形象，有一定喻指，暗寓诗人对当时政坛和人品的讽谕。"在山泉水清，出山泉水浊"两句，写自然界现象中含着社会人事变化的哲理，耐人咀嚼。《唐诗品汇》云："似悲似诉，自言自誓，矜持慷慨，修洁端丽，画所不能如，论所不能及。"

①绝代有佳人：即有绝代佳人。语出汉乐府《李延年歌》："北方有佳人，绝世而独立。" ②良家子：好人家的子女。 ③关中：古时称函谷关以西为关中，即今陕西中部、甘肃东部一带。④收：聚合。 ⑤恶：厌恶。转烛：烛火遇风吹转，比喻世事变化，世态无常。 ⑥合昏：合欢，花名，朝开夜合。喻夫妻恩爱。⑦掬：一捧。

下马饮^{yin}君酒，问君何所之？①

君言不得意，归卧南山陲^{chuí}。②

但去莫复问，白云无尽时。

①饮：请别人喝。　②南山：指终南山。陲：边。

这是一首送行诗。全诗笼罩着一股无可奈何又恋恋不舍的气氛。最后两句写飘忽不定的白云，也暗示友人将来进退不定，包含着许多说不出又说不尽的情绪。在平淡语句中含深意，也是王维古体诗的特色《唐诗援》云："语似平淡，却有无限感慨，藏而不露。"

王维（701？—761），字摩诘，太原祁（今山西祁县）人，后徙居蒲州（治今山西永济西南蒲州镇）。开元进士。后累迁至给事中。「安史之乱」时被叛军俘留长安。乱后官至尚书右丞。他多才多艺，诗、画、音乐的修养都很高。晚年隐居蓝田（今属陕西）辋川，又倾心佛教。诗作多写田园山水，淡雅清朗，有禅理，和青年时代作品的豪壮风格不同。有《王右丞集》。

王维

送别

圣代无隐者，英灵尽来归。①

遂令东山客，不得顾采薇。②

既至金门远，孰云吾道非？③

江淮度寒食，京洛缝春衣。

置酒长安道，同心与我违。④

行当浮桂棹，未几拂荆扉。⑤

远树带行客，孤城当落晖。⑥

吾谋适不用，勿谓知音稀。⑦

①**圣代**：圣明的时代。　②**东山**：晋代谢安未仕前，曾隐居东山，后人因以"东山客"指代隐士。**采薇**：周武王灭商后，孤竹君的两个儿子伯夷和叔齐表示"不食周粟"，隐居首阳山，采薇（野菜）而食。后来以"采薇"泛指隐居。　③**金门**：即金马门，汉代贤士等待皇帝召见的地方。　④**同心**：志同道合的朋友。**违**：分别。　⑤**行当**：将要。　⑥**当**：对着。　⑦**适**：偶然。

要安慰落第回乡的朋友，又不能直接指斥时代的不公，措辞很难。这首诗于劝慰中暗含不平之意，委曲写来，又强调友情不因分别而淡漠，从而燃起对方重赴京城赶考的热望。语气委婉舒徐，遣辞造句谨慎工细。《唐诗别裁集》云："反复曲折，使落第人绝无怨尤。"

送綦毋潜落第还乡

言入黄花川，每逐青溪水。①

随山将万转，趣途无百里。②

声喧乱石中，色静深松里。

漾漾泛菱荇，澄澄映葭苇。③

我心素已闲，清川澹如此。④

请留盘石上，垂钓将已矣。⑤

①黄花川：在今陕西凤翔，溪水清澈，所以又叫青溪。　②趣：通"趋"，奔走。
③荇：一种水生草本植物。葭苇：芦苇，初生时称葭，长大后称苇。　④澹：淡泊，
恬静。　⑤盘石：大石头。垂钓：东汉严光曾在富春江畔隐居垂钓，后常以"垂钓"
代指隐居。

王维

青溪

诗人游览黄花川所见所思，随着游踪淡淡写出，透出一种闲适放松、和谐自然的心境。为了突出闲适和谐，诗人特别把诗的节奏放慢，使奔波百里的人与急湍而流的溪水归于平静舒缓。人和环境的描写相互配合，使山水诗中有景有情。《唐诗快》云："右丞诗人抵无烟火气，故当于笔墨外求之。"

渭川田家

斜阳照墟落，穷巷牛羊归。①

野老念牧童，倚杖候荆扉。

雉雊麦苗秀，蚕眠桑叶稀。②

田夫荷锄至，相见语依依。

即此羡闲逸，怅然吟《式微》。③

①墟落：村庄。　②雊：野鸡的鸣叫。秀：指禾类植物开花抽穗。　③《式微》：《诗经》中的篇名。篇中有句云："式微式微，胡不归？"表示归隐田园的愿望。后人因借吟诵《式微》诗，表达归隐的志向。

王维笔下的渭川（即渭水）田家，是一派悠闲和谐的田园风光。诗人没有写富裕快乐的农家生活，反而突出穷巷、荆扉，突出耕作养蚕的辛劳，这正好烘托出诗人的看法：这样辛劳却和平的农村归隐，远比倾轧争斗的名利场中的生活更美好。诗中描写的农村画面，切实而亲切，更体现出诗人心情的实在。《古唐诗合解》云："《田家》诸作，储、王并推，写境真率中有静气。"

艳色天下重，西施宁久微？①

朝为越溪女，暮作吴宫妃。

贱日岂殊众，贵来方悟稀。

邀人傅香粉，不自著罗衣。②

君宠益娇态，君怜无是非。

当时浣纱伴，莫得同车归。③

持谢邻家子，效颦安可希？④

①西施：春秋时越国美女，被越王勾践献给吴王夫差。传说夫差因迷恋西施而不理朝政，吴国因此被越国消灭。宁：岂。微：社会地位低贱。　②傅：涂抹。③浣纱：漂洗纱布。相传西施家贫，常和同伴一起，在若耶溪中浣纱。　④持谢：奉劝。效颦：仿效皱眉头的样子。传说西施有心痛病，发作时手捂胸部，眉头紧皱。有个邻居女孩长得很丑，偏要学西施发病时的样子，还以为美。安可希：意谓怎能期望像西施那样幸运呢。

西施故事是诗人们经常吟咏的题材。王维咏西施，不写政治斗争，不入美人误国的俗套，而是集中突出社会中世态炎凉的主题。诗以西施骤贵为主线，其含意远远超出了西施故事之外，值得玩味。清沈德潜《唐诗别裁集》谓本诗"写尽炎凉人眼界"。《全唐风雅》云："写出新贵人得意之状，讽在言外。"

北山白云里，隐者自怡悦。①

相望试登高，心随雁飞灭。②

愁因薄暮起，兴是清秋发。③

时见归村人，沙行渡头歇。

天边树若荠，江畔洲如月。④

何当载酒来，共醉重阳节？

孟浩然

秋登兰山寄张五

①**北山**：即兰山、万山，一说即石门山，在今湖北襄樊，山上多兰草，山下临石门江。 ②**灭**：消失。 ③**薄暮**：黄昏。**兴**：兴致。 ④**荠**：荠菜，一种几寸长的小野菜。**洲**：水中陆地。《全唐诗》作"舟"。

登上兰山远眺，怀念友人，是诗的题材，但诗集中刻画的却是从山上俯瞰的景色。秋天的山、水、树、雁，一一写来，使全诗宛如一幅秋景图，淡雅中有一点点伤感。诗句工整，比喻精巧。"愁因薄暮起，兴是清秋发""天边树若荠，江畔洲如月"这些句子，写得贴切细致，常为后人击节赞赏。《唐贤清雅集》云："超旷中独饶劲健，神味与右丞稍异，高妙则一也。"

孟浩然（689—740），襄州襄阳（今湖北襄樊市襄阳区）人。早年隐居鹿门山，开元年间科举落第后漫游各地，终生未仕。他是山水田园诗派的代表诗人之一，与王维齐名，诗作以农村田园生活和山水游赏为主要题材，写来平淡自然，又很有生活情趣。有《孟浩然集》。

山光忽西落，池月渐东上。

散发乘夕凉，开轩卧闲敞。①

荷风送香气，竹露滴清响。

欲取鸣琴弹，恨无知音赏。

感此怀故人，中宵劳梦想。

①**散发**：披散着头发。古人平时束发于顶，散发表示清闲。**轩**：有窗的长廊或小室。**闲敞**：清静宽敞的地方。

夏日南亭怀辛大

本篇写隐居生活的闲适和怀念友人的惆怅，情景交融，意境清逸。观察和描写自然景物，以细致的笔触表现，是诗最成功的地方。"山光忽西落，池月渐东上"，写日入月出，又写山与水，一开始就把一个清静的环境勾勒了出来。"荷风送香气，竹露滴清响"，调动了嗅觉和听觉，写夏夜的温馨寂静，足见诗思之细密。《王孟诗评》云："起处似陶，清景幽情，洒洒楮墨间。"

宿业师山房待丁大不至

夕阳度西岭，群壑^{hè}候已暝^{míng}。①

松月生夜凉，风泉满清听。

樵人归欲尽，烟鸟栖初定。

之子期宿来，孤琴候萝径。②

①候：忽然，一下子。②之子：这个人。期宿来：相约来住宿。萝径：长满萝藤的小路。

此诗和《夏日南亭怀辛大》立意与写法都相类似，尽量写夜间山上的景物，突出所见所闻，足见作者体味自然的细致。山上的清幽寂静，并不是一点声音也没有，诗中的风声、泉声、鸟声，以动衬静，更显现出环境的幽静，这是白天喧闹时刻所感受不到的。《纫斋诗谈》云："不做作清态，正是天真烂漫。"

走了三十里山路访友，朋友不在，反而觉得已经尽兴了，高高兴兴地回去。这不很合理的行为，托出一个合理的心理：名为访友，实则为了领略山间的自然美景，既然游赏到美景，心意便满足了。所有的远行劳顿，都化解在"草色新雨中，松声晚窗里"。从这里可以体会到一种写诗的门径：山水诗中人事的描写，都是为烘托景色服务的。《唐贤清雅集》云："着想幽异，蹊径甚别，结得更洒脱。"

丘为

寻西山隐者不遇

天宝十一年（752）秋天，岑参和友人高适、薛据、杜甫、储光羲一起登慈恩寺浮图（梵语"佛陀"的音译，即佛塔），俯视关中平原，感慨不已，五个人分别作诗，现在只有薛据的诗没有流传下来。后人评价，以杜甫和岑参的诗写得最精彩。杜诗以历史感为主，岑诗以现实所见为主。这首诗极力描绘塔的高耸和从塔上"下窥"所见的壮阔景象，但用语都落俗套，惟"秋色从西来，苍然满关中。五陵北原上，万古青蒙蒙"四句，词意奇工，写尽幽渺，一开眼界，最为后人称道。诗以悟佛道所结，更落俗套，有画蛇添足之嫌。《唐诗评注读本》云："雄浑悲壮，凌跨百代，而秋色四句，写尽空远之景，尤令人神往不已。"

与高适薛据登慈恩寺浮图

元结

贼退示官吏并序

癸卯岁^①，西原贼入道州^②，焚烧杀掠，几尽而去。明年，贼又攻永破邵^③，不犯此州边鄙而退。岂力能制敌欤？盖蒙其伤怜而已。诸使何为忍苦征敛？故作诗一篇，以示官吏。

昔年逢太平，山林二十年。

泉源在庭户，洞壑当门前。

井税有常期，日晏犹得眠。④

忽然遭世变，数岁亲戎旃。⑤

今来典斯郡，山夷又纷然。⑥

城小贼不屠，人贫伤可怜。

是以陷邻境，此州独见全。

使臣将王命，岂不如贼焉！⑦

今彼征敛者，迫之如火煎。

谁能绝人命，以作时世贤。⑧

思欲委符节，引竿自刺船。⑨

将家就鱼麦，归老江湖边。⑩

①癸卯：即唐代宗广德元年（763）。　②西原：在今广西境内。道州：今湖南道县。　③永：即永州，今属湖南。邵：即邵州，今湖南邵阳。　④井税：古代井田制，九分之一为公田，由八家代耕，作为八家私田的赋税。唐时已无井田制，井税实指赋税。　⑤戎旃：军队的营帐。元结曾参与对安史乱军作战，所以说"亲戎旃"。　⑥典：治理。

元结（719—772），字次山，自号漫郎、聱（áo）叟，鲁山（今属河南）人。天宝进士。『安史之乱』时立过战功，后任道州刺史、容州都督充本管经略使等职。他做地方官多年，比较了解民情，主张儒家的『仁政』行事切实。作诗也如做官，切实朴素，不受声律限制，有较强的社会意义。有《元次山文集》。

山夷：指居住在山区的少数民族百姓。　⑦使臣：指奉命催征赋税的官员。将：奉行。
⑧时世贤：当代的贤者能臣。　⑨委：抛弃。符节：使臣出行所持的信物。刺船：撑船。
⑩将：带。就鱼麦：到鱼麦之乡去。

贼退示官吏并序

唐代宗广德元年（763）十二月，西原的少数民族武装攻陷道州。第二年五月，元结到道州任刺史。七月，少数民族武装又攻永州，破邵州，道州却没有被攻掠。事后元结写了两首诗，其一便是本篇。封建时代少数民族武装与汉族政权之间的争战，无论胜负，战火经过的地方，人民总是饱受煎熬。这首诗的重点不在写少数民族武装的抢掠，而在写战乱之后官府依然征收赋税，甚至刑求勒索，使百姓（主要是农民）陷入更大的生不如死的痛苦之中。诗题为《贼退示官吏》，实际是谴责横征暴敛的官吏，甚至以辞官来表示愤怒。诗句平顺有如说话，态度却十分坚决，显示了一个忧道悯世的正直官吏的不凡品格。《唐贤三昧集》云："真朴恻恒，如读"变风"、《小雅》。不独有仁慈之心，亦可以为诗史也。"

韦应物

郡斋雨中与诸文士燕集

兵卫森画戟，燕寝凝清香。①

海上风雨至，逍遥池阁凉。

烦疴近消散，嘉宾复满堂。②

自惭居处崇，未睹斯民康。③

理会是非遣，性达形迹忘。④

鲜肥属时禁，蔬果幸见尝。⑤

俯饮一杯酒，仰聆金玉章。⑥

神欢体自轻，意欲凌风翔。

吴中盛文史，群彦今汪洋。⑦

方知大藩地，岂曰财赋强。⑧

①森：密密地排列。**画戟**：古代的一种长柄兵器，柄上有画饰。唐制，三品以上官员，官署前可列画戟作为仪仗。**燕寝**：休息安寝之处。此指宴集的地方。　②**烦疴**：烦闷燥热。　③**崇**：高。　④**理会**：领会了道理。**遣**：排遣。**形迹忘**：即不拘形迹。　⑤**"鲜肥"句**：鲜肥指鱼肉等荤菜。唐代有时因各种原因禁屠，不能吃荤腥。　⑥**金玉章**：对文士诗文的赞词。　⑦**吴中**：旧时对苏州的别称。**彦**：有才德的人士。**汪洋**：众多。　⑧**藩**：王侯的封地。转指州郡。

韦应物（约737—791），京兆万年（今陕西西安）人。少年时为唐玄宗侍卫，生活放浪。后入太学，折节读书。历任洛阳丞、栎阳令、江州刺史、左司郎中、苏州刺史等职。世称『韦江州』『韦左司』或『韦苏州』。其五言诗高雅闲淡，自成一家。山水田园诗学陶渊明，清雅恬淡。作品中也有一些反映民间疾苦、抨击时政的诗篇。有《韦苏州集》。

今朝郡斋冷，忽念山中客。①

涧底束荆薪，归来煮白石。②

欲持一瓢酒，远慰风雨夕。

落叶满空山，何处寻行迹？

①郡斋：官署的斋舍。当时韦应物任滁州刺史，全椒为滁州属县。　②煮白石：
晋葛洪《神仙传》里记载有一位神仙，常常煮白石当饭吃，人们都叫他白石先生。
这里用以形容生活清苦。

寄全椒山中道士

本篇是诗人在清秋风雨之夜忆念全椒（今属安徽）山中友人而作的一首寄赠诗。诗人对山中修道的友人的关切之情，溢于言表。诗人通过对清贫孤高的友人的想念，抒发了自己对隐逸生活的渴慕和对仕途的厌弃之情。"落叶满空山，河处寻行迹"两句，尤为后世推崇。苏轼用其韵曰："寄语庵中人，飞空车无迹。"刻意学之而终不能神似。《批点唐诗正声》云："全首无一字不佳，语似冲泊，而意兴独至，此所谓'良工心独苦'也。"

客从东方来，衣上灞陵^{bà}雨。①

问客何为来，采山因买斧。②

冥冥花正开，飏飏^{yáng}燕新乳。③

昨别今已春，鬓丝生几缕？④

①**客**：指冯著，作者的友人，曾任著作郎和长安、洛阳、缑氏（gōuzhī）等地县尉，仕途很不得意。**灞陵**：地名，本作霸陵，在今陕西西安东郊，因汉文帝所葬的霸陵而得名。　②**采山**：上山伐树。此谓归隐山林。　③**冥冥**：雨濛濛的样子。**飏飏**：轻快飞翔的样子。　④**鬓丝**：指两鬓白发如丝。

冯著虽然是个不得志的下级官吏，但有才华且自重，和许多诗人都有交往。韦应物曾写过四首送冯著的诗，卢纶和李端的诗中也提到过冯著。冯著因为仕途失意，加之年纪老大，便有归隐之意，韦应物显然是同情的，于是便有了这首诗。全诗字里行间满怀对友人的关切之情，语意婉转，笔调沉挚。南宋刘辰翁评此诗曰："不能诗者，亦知是好。"（《唐诗品汇》）《唐诗评注读本》云："前半写遇冯著而迹其所由来，后半写遇时正当春日，而寓伤老意。诗仅八句，而委婉多致，情景俱到。"

落帆逗淮镇，停舫临孤驿。②

浩浩风起波，冥冥日沉夕。

人归山郭暗，雁下芦洲白。③

独夜忆秦关，听钟未眠客。④

夕次盱眙县①

韦应物

①盱眙（xūyí）：今属江苏，在淮河南岸。　②逗：停留。淮镇：淮河边的小镇。驿：古时供过往官员和邮传人员歇息住宿的旅舍。　③芦洲：长着芦苇的沙洲。　④秦关：即关中（今陕西中部一带）。代指作者的故乡。

　　人在淮河边，心思秦关山，地域相距数千里，游子思乡更深沉。诗人用各种景物来托衬乡思：停船在孤驿，风起日落，当地人都回家了，只剩下孤独游子，异乡独处，乡思更浓，最后失眠了，静静听着寺庙传来的钟声。浓得化不开的思乡情，弥漫全诗。《石园诗话》云："有合于刘须溪所谓'诵一二语，高处有山泉极品之味'也。"

东郊

吏舍局终年，出郊旷清曙。①

杨柳散和风，青山淡吾虑。

依丛适自憩，缘涧还复去。②

微雨霭芳原，春鸠鸣何处？③

乐幽心屡止，遵事迹犹遽。④

终罢斯结庐，慕陶直可庶。⑤

①局：通"跼"，拘束。　②适：正好。　缘：沿着。　③霭：迷迷蒙蒙的样子。
④乐：喜欢。遵事：办事，办公。当时韦应物任滁州刺史。迹：行迹。遽：匆忙。
⑤终罢：终归。结庐：修筑房舍。晋陶渊明有"结庐在人境，而无车马喧"的诗句，
表示归隐的愿望，后人因以"结庐"喻归隐。直可庶：就可以接近了。

　　这首诗写春日郊游的所见所闻和无限
乐趣。杨柳、和风、青山、树丛、山涧、
微雨、芳原、斑鸠，这些大自然的景
物构成了一幅清丽的春郊图。在这
种环境里，久历官场的诗人如鸟
出牢笼，欢畅地翱翔在广阔自
由的天空中。诗人由此产生
了效仿陶渊明，辞官归居
田园的念头。韦应物
诗学陶渊明，本篇风
格恬淡，气象清高，
大有靖节遗风。《唐
诗三百首注疏》云：
"言惰于仕进也。"

永日方戚戚，出行复悠悠。①

女子今有行，大江溯轻舟。②

尔辈苦无恃，抚念益慈柔。③

幼为长所育，两别泣不休。④

对此结中肠，义往难复留。⑤

自小阙内训，事姑贻我忧。⑥

赖兹托令门，仁恤庶无尤。⑦

贫俭诚所尚，资从岂待周？⑧

孝恭遵妇道，容止顺其猷。⑨

别离在今晨，见尔当何秋？

居闲始自遣，临感忽难收。⑩

归来视幼女，零泪缘缨流。⑪

①永日：整日。**戚戚**：悲伤的样子。**悠悠**：遥远的样子。　②有行：出嫁。**溯**：逆水而上。　③无恃：没有母亲，指母亲已经去世。　④"幼为"句：此句下诗人自注："幼女为杨氏所抚育。"　⑤义往：女大当嫁。《礼记》："女子二十而嫁，义当往也。"　⑥阙：通"缺"。**内训**：母亲的教诲。**姑**：婆婆。**贻**：留。　⑦令门：好人家。**无尤**：没有差错。　⑧资从：嫁妆。　⑨容止：仪容举止。**猷**：规矩。　⑩临感：临别时的感伤。　⑪零泪：流泪。**缨**：帽带。

送杨氏女

　　韦应物妻子早死，留下两个女儿，父女三人相依为命。这首诗是诗人在大女儿出嫁到杨氏家中时的送嫁诗。诗中细写两个女儿自小失去母亲的凄凉，写父女、姐妹难以割舍的亲情，写离别前后自己的伤感，语句质朴平实，委婉道来，如平常人说平常话，却深沉感人。在唐诗中，写既当父又当母的父女情，这首是写得最好的诗之一。《唐诗三百首注疏》云："临歧伤感，潸潸挥泪，殊觉难收。"

溪居

久为簪(zān)组束，幸此南夷谪(zhé)。 ①

闲依农圃邻，偶似山林客。

晓耕翻露草，夜榜(bàng)响溪石。 ②

来往不逢人，长歌楚天碧。 ③

①簪组：簪是冠饰，组是系印的绶带。此处借指做官。
南夷：南方少数民族。当时柳宗元被贬谪到永州（今属湖南），是少数民族聚居的地方。 ②榜：摇船的工具。借指摇船。 ③楚：永州古属楚地。

诗人贬谪永州后，曾在冉溪旁筑室而居，本诗就作于其时。诗中隐隐有一肚牢骚。不过，诗人并没有轻视少数民族人民，也不鄙薄远离中原的永州，而是对打击他的顽固政治集团充满怨气。这股怨气没有直接发泄，而是通过眼前景物或感受，淡淡地道出来。"晓耕翻露草，夜榜响溪石"两句，切实写出了中南山区的风物人情，工整细致，最为后人称道。《唐诗别裁集》云："处连塞困厄之境，发清夷澹泊之音，不怨而怨，怨而不怨，行间言外，时或遇之。"

柳宗元（773—819），字子厚，河东解（今山西运城西南）人。贞元进士。累官至礼部员外郎。曾参加王叔文政治革新活动，革新失败后被贬为永州司马，后任柳州刺史，一生仕途不得意。世称『柳柳州』或『柳河东』。他是唐代古文运动的主将，对中国散文的发展有巨大贡献。诗作朴实奇崛，自成一家。有《河东先生集》。

晨诣超师院读禅经

汲井漱寒齿，清心拂尘服。 ①

闲持贝叶书，步出东斋读。 ②

真源了无取，妄迹世所逐。 ③

遗言冀可冥，缮性何由熟？ ④

道人庭宇静，苔色连深竹。 ⑤

日出雾露余，青松如膏沐。 ⑥

澹然离言说，悟悦心自足。 ⑦

①汲井：从井里打水。　②贝叶书：古印度人多用贝多罗树的叶子写佛经，所以佛经又称贝叶经或贝叶书。　③真源：真正的本意。妄迹：虚妄的事物。　④遗言：佛祖的遗言。指佛经。冀：希望。冥：暗中相合。缮性：修身养性。　⑤道人：指名超的僧人。六朝时常称僧人为道人。　⑥膏沐：用油脂涂抹过。　⑦离言说：超越了言语。悟悦：悟道的快乐。

古之士大夫仕途失意后，往往以佛老自遣。诗人本不信佛，但被贬为永州司马后，常与僧人往来，并精研佛理。诗写僧舍清静幽雅的环境，及诗人对佛理的参悟。其实，诗人不过是借佛理来寻求精神寄托和慰藉，以排解对现实的忧愤。用语平淡温醇，其意却远出诗外。《木庵诗集序》云："深入理窟，高出言外。"

蝉鸣空桑林，八月萧关道。①
出塞复入塞，处处黄芦草。
从来幽并客，皆共尘沙老。②
莫学游侠儿，矜夸紫骝好。③

王昌龄

塞上曲

①萧关：在今宁夏固原，古代关塞。　②幽并：幽州、并州，泛指今河北、山西一带，古时多勇武游侠之士。　③紫骝：泛指骏马。

　　本篇诗题一作《塞下曲》。汉乐府中有《出塞》《入塞》，属《横吹曲》，是军旅中常用的曲调。诗的前四句写景，描绘了八月边塞萧条肃杀的风光。诗的后四句言事，感叹幽、并二州的豪杰为国守卫疆土，与尘沙共老的事迹，并劝世上男儿应立志报国，而不要去学那些骄矜放纵的游侠儿，只会倚仗骏马，到处惹是生非，既无益于国计，也无益于民生。语言朴实，节奏明快，气象散逸。《唐贤清雅集》云："情景黯然，妙不说尽，低手必再作结句。"

王昌龄

塞下曲

饮马渡秋水，水寒风似刀。

平沙日未没，黯黯见临洮。^{tóo} ①

昔日长城战，咸言意气高。 ②

黄尘足今古，白骨乱蓬蒿。^{hāo} ③

①临洮：今甘肃岷县一带，是古长城西边的起点。 ②长城战：唐开元二年（714），唐将薛讷、郭知运等率军在临洮与吐蕃军激战，吐蕃军败逃，双方死伤数万人。咸：都。 ③足：充满。蓬蒿：野草。

战争的惨酷，在乐府歌曲中是个传统题材。这首诗的前四句描绘塞外晚秋时节平沙日落的荒凉景象，雄浑悲壮，境界广阔。后四句写征战之烈和古战场白骨累累的惨象，气氛悲凉惨恻。全诗寄托深远，隐含劝诫统治者慎于用兵之意。《唐诗选脉会通评林》云："格古气雄，起二句实境。"

明月出天山，苍茫云海间。①

长风几万里，吹度玉门关。②

汉下白登道，胡窥青海湾。③

由来征战地，不见有人还。

戍客望边邑，思归多苦颜。④
shù

高楼当此夜，叹息未应闲。⑤

①天山：指祁连山，在今甘肃西北部。古时匈奴人称"天"为"祁连"。　②玉门关：故址在今甘肃敦煌西，唐代重要边塞之一。　③下：出兵。白登：即白登山，在今山西大同。汉高祖曾率兵与匈奴军大战，被困于白登山七天。青海：指青海湖，在今青海西宁附近。唐军多次与吐蕃军大战于此。　④戍客：指边防将士。　⑤高楼：指代住在高楼的"戍客"之妻。

李白

关山月

《关山月》是乐府曲调名，属《鼓角横吹曲》，内容多写征戍别离之苦。本诗四句为一层意思。首写边塞风光，次写古来边境征战惨烈，最后写戍客及思妇渴望团聚的心情。全诗着意描写征战之苦、别离相思，表达了对广大戍边将士的同情和关切，婉转地谴责了唐统治者发动的无休止的征战。诗的开头四句气势阔大，空间无限，明胡应麟《诗薮》称此四句"浑雄之中，多少闲雅"。《唐宋诗醇》云："朗如行玉山，可作白自道语。格高气浑，双关作收，弥有逸致。"

李白

子夜吴歌

长安一片月，万户捣衣声。①

秋风吹不尽，总是玉关情。②

何日平胡虏，良人罢远征？③

①捣衣：古代衣物常用纨素一类的织物制作，质地硬挺，先须置石上用杵反复舂捣，使之柔软，称为"捣衣"。　②玉关：即玉门关，故址在今甘肃敦煌西，唐代重要边塞之一。　③良人：古代女子对丈夫的称呼。

六朝乐府吴声歌曲《子夜歌》，相传为晋女子子夜所创制。因起于吴地，所以又名《子夜吴歌》。内容多写男女恋情，常常是四首一组，每首四句，分别写春、夏、秋、冬四季的思恋。本篇是李白写的组歌中的第三首，即秋天的思恋，但增加为六句。这首诗用意和语言都是民歌的路子，情绪却是舒缓中的期待，浸透妇女思念丈夫的柔情。末二句不直言朝廷穷兵黩武，而是希望尽早平"胡虏"，寄意深远。《唐诗训解》云："此为戍妇之词，以讥当时战征之苦也。"

妾发初覆额，折花门前剧。①

郎骑竹马来，绕床弄青梅。②

同居长干^{gān}里，两小无嫌猜。③

十四为君妇，羞颜未尝开。

低头向暗壁，千唤不一回。④

十五始展眉，愿同尘与灰。⑤

常存抱柱信，岂上望夫台？⑥

十六君远行，瞿塘^{qú}滟^{yàn}滪^{yù}堆。⑦

五月不可触，猿声天上哀。

门前迟行迹，一一生绿苔。⑧

苔深不能扫，落叶秋风早。

八月蝴蝶来，双飞西园草。

感此伤妾心，坐愁红颜老。

早晚下三巴，预将书报家。⑨

相迎不道远，直至长风沙。⑩

①妾：古时妇女自称。剧：游戏。　②床：一种坐具。　③长干里：古时金陵里巷名，在今江苏南京市南，秦淮河畔。　④暗壁：墙壁暗处。　⑤"愿同"句：意谓愿永远像尘和灰一样结合在一起。　⑥抱柱信：《庄子·盗跖》载，尾生与女子约会桥下。到了约定的时候，女子还没来，而河水上涨，尾生抱着桥柱，不肯离去，竟被淹死。这故事成为对爱情忠贞信实的典故。望夫台：民间望夫台、望夫石的传说很多，都是说女子登高望夫，日久化为石人。常用以喻女子怀念丈夫的坚贞。　⑦瞿塘：峡

名，长江三峡之一。**滟滪堆**：瞿塘峡口的一块大礁石。农历五月，江水上涨，滟滪堆被水淹没，航船极易触礁致祸。今已不存。　**⑧迟**：等待。　**⑨三巴**：古代称巴郡、巴东郡和巴西郡，地在今四川东部、重庆一带。　**⑩长风沙**：地名，在今安徽安庆，长江边上，是长江下游较险要的航道。

　　李白的《长干行》原有两首，都是描写"商人妇"的婚姻生活，此为其一。全诗以一个女子怀念外出的丈夫的口吻，写出双方从小到大相知相恋相思的经历，仿佛讲一场恋爱故事。诗句抓住人物情态的细节，写得亲切动人。诗中的女子是民间妇女形象，与歌调本是民歌相适应。语言清新朴实，历代传诵。《唐宋诗醇》云："儿女子情事，直从胸臆间流出，萦迂回折，一往情深。"

前不见古人，后不见来者。

念天地之悠悠，独怆然而涕下。①

①怆然：伤感的样子。涕：眼泪。

陈子昂

登幽州台歌

陈子昂（659—700），字伯玉，梓州射洪（今属四川）人。文明进士。曾任麟台正字、右拾遗等职，受武则天赏识，但始终不得志。他对六朝浮华颓靡的文风不满，要求恢复『建安风骨』，诗作苍劲朴厚，推动唐诗走向繁盛。有《陈伯玉集》。

武则天万岁通天元年（696），陈子昂随建安王武攸宜征讨契丹，来到幽州，登上幽州台（即传说中战国时燕昭王为求贤而筑的黄金台，故址在今北京北），抚今追昔，写下这首诗。诗人把自己置于无穷无尽的天地和漫漫古今之中，感到人生易逝，必须把握现在。可惜武攸宜与他意见不合，使他感到怀才不遇，抑郁悲怆。诗用语简朴质实，诗意大气磅礴，很受唐人推崇。《唐诗快》云："胸中自有万古，眼底更无一人。"

男儿事长征，少小幽燕客。①

赌胜马蹄下，由来轻七尺。②

杀人莫敢前，须如猬毛磔。③（zhé）

黄云陇坻白云飞，未得报恩不得归。④（lǒng dǐ）

辽东小妇年十五，惯弹琵琶解歌舞。

今为羌笛出塞声，使我三军泪如雨。⑤（qiāng sài）

①**长征**：指从军远征。**幽燕客**：幽州、燕地的人。幽燕泛指今河北、辽宁一带，古代多勇武游侠之士。　②**七尺**：七尺之躯，身体。　③**猬毛磔**：像刺猬毛一样张开。《晋书》载，大将桓温相貌伟壮，"须作猬毛磔"。后来借以描写凶猛伟壮的男子形象。　④**陇坻**：或作"陇底"，山坡地。　⑤**羌笛**：一种管乐器，羌人始制。

　　诗的前八句写戍边男儿的英勇无敌，赞扬他们誓死报国的精神。后四句写听到辽东少妇悲凉的羌笛声，视死如归的将士们都触动了乡愁，不禁泪如雨下。唐代统治者好大喜功，动辄轻启战端，征战连年，广大人民深受其苦。本诗含蓄委婉地表达了诗人对统治者穷兵黩武的否定态度。音节短促明亮，言外之意深远。《唐贤清雅集》云："奇气逼人，下忽变作凄音苦调，妙极自然。"

（侧栏）李颀（?—约753），河南颍阳（今河南登封西）人。开元进士。曾任新乡县尉，后辞官归隐。他是王维、王昌龄、高适等人的诗友，边塞诗著称。诗长于五古及七言歌行，尤以边塞诗著称。有《李颀集》。

李颀

古意

送陈章甫

四月南风大麦黄，枣花未落桐叶长。

青山朝别暮还见，嘶马出门思旧乡。

陈侯立身何坦荡，虬须虎眉仍大颡。①

腹中贮书一万卷，不肯低头在草莽。②

东门酤酒饮我曹，心轻万事如鸿毛。③

醉卧不知白日暮，有时空望孤云高。

长河浪头连天黑，津口停舟渡不得。④

郑国游人未及家，洛阳行子空叹息。⑤

闻道故林相识多，罢官昨日今如何？⑥

①陈侯：对陈章甫的尊称。陈是江陵（今属湖北）人，祖籍郑州，当过太常博士，长期居住在河南。虬须：卷曲的胡须。大颡：宽阔的额头。　②草莽：草野，民间。
③我曹：我辈。　④津口：渡口。一作"津吏"，管渡口的小吏。　⑤郑国：作者当时任新乡县尉，新乡古时属郑国。洛阳行子：回洛阳去的行人。　⑥故林：故园，故乡。

怀才不遇是中国古代诗歌的传统主题。诗人的朋友陈章甫虽才兼文武，志向不凡，却无法施展抱负，罢官后将归洛阳。诗人作此诗赠别。诗中通过对人物的生动描写，称赞了友人的不凡才学、坦荡襟怀和放达的性格，并对其罢官表示深切同情。在为友人的遭际鸣不平的同时，诗人也隐晦地表达了自己怀才不遇的不平之情。格调轻松爽朗，音节豪壮。《昭昧詹言》云："何等警拔，便似嘉州、达夫。"

主人有酒欢今夕，请奏鸣琴广陵客。①

月照城头乌半飞，霜凄万木风入衣。

铜炉华烛烛增辉，初弹《渌水》后《楚妃》。②

一声已动物皆静，四座无言星欲稀。

清淮奉使千余里，敢告云山从此始。③

①**广陵客**：指善弹琴的人。三国魏时嵇康善弹琴，琴曲《广陵散》是他最擅长的曲子，后人因以"广陵客"泛指善弹琴的人。　②《**渌水**》《**楚妃**》：都是琴曲的名字。　③**清淮**：清清的淮河。李颀时任新乡县尉，新乡地近淮河。**云山**：指代归隐。

全诗重点写弹琴的环境和由听琴引发作者归隐的念头，而无一句直接摹写琴声的美妙。其中"一声已动物皆静，四座无言星欲稀"两句，动静相较，对仗工整，气氛壮阔，最受后人推赏。直到晚清，还有诗人模仿、改作其诗意。《唐诗别裁集》云："比高堂如空山，能使'江月白'等语更微更远。"

蔡女昔造胡笳声，一弹一十有八拍。①

胡人落泪沾边草，汉使断肠对归客。②

古戍苍苍烽火寒，大荒阴沉飞雪白。③

先拂商弦后角羽，四郊秋叶惊摵摵。④

董夫子，通神明，深松窃听来妖精。⑤

言迟更速皆应手，将往复旋如有情。

空山百鸟散还合，万里浮云阴且晴。

嘶酸雏雁失群夜，断绝胡儿恋母声。⑥

川为静其波，鸟亦罢其鸣。

乌珠部落家乡远，逻娑沙尘哀怨生。⑦

幽音变调忽飘洒，长风吹林雨堕瓦。

迸泉飒飒飞木末，野鹿呦呦走堂下。⑧

长安城连东掖垣，凤凰池对青琐门。⑨

高才脱略名与利，日夕望君抱琴至。⑩

①**蔡女**：即蔡琰，字文姬，文学家蔡邕的女儿。东汉末大乱，为乱兵所掳，归匈奴左贤王，后来由曹操赎回。善弹琴，在匈奴时曾作琴曲《胡笳十八拍》。**拍**：乐曲的段落。　②**汉使**：指曹操派来赎回蔡琰的使者。　③**古戍**：古代边防要塞。④**商、角、羽**：古代音乐分五个音阶，分别称为宫、商、角、徵、羽。**摵摵**：树叶凋落的样子。摵，古同"槭"。　⑤**董夫子**：对董庭兰的尊称。董是房琯（唐代名相，时任门下省给事中）的门客，善弹琴。因排行第一，又称董大。　⑥**嘶酸**：鸣声哀苦。⑦**乌珠**：或作"乌孙"。汉代西域国名。汉武帝曾把江都王刘建的女儿细君远嫁乌孙。**逻娑**："拉萨"的另一译音，唐代时为吐蕃的首府。唐代文成公主、金城公主先后远嫁吐蕃。　⑧**木末**：树梢。　⑨**东掖垣**：唐代门下省和中书省的办公地点分别在皇城左右，门下省在东边，称左掖或东掖。**凤凰池**：指中书省。中书省接近皇帝，掌管机要，因称。**青琐门**：宫门，涂有青色连环花纹。　⑩**脱略**：不在意。

　　称赞乐师弹得好，又赞美主人的才德，是这首诗的立意。但这首诗最吸引人的地方，应是对音乐的描写。诗中用一连串的比喻描写乐声的抑扬顿挫、高低快慢。从"空山百鸟散还合"到"野鹿呦呦走堂下"，每句诗写乐声的一种变化，跌宕起伏，转换奇妙。诗句中引用的典故，并不是咏史记事，只是用来形容听乐声引起的相同相近的感受。李颀善于用文字表述音乐，这首诗便是证明。《唐诗笺要》云："真是极其形容，曲尽情态，昔人于纤小题如此摹拟，一句不苟。"

李颀

听董大弹胡笳声兼寄语弄房给事

李颀

听安万善吹觱篥歌

南山截竹为觱篥，此乐本自龟兹出。①

流传汉地曲转奇，凉州胡人为我吹。

傍邻闻者多叹息，远客思乡皆泪垂。

世人解听不解赏，长飙风中自来往。②

枯桑老柏寒飕飗，九雏鸣凤乱啾啾。③

龙吟虎啸一时发，万籁百泉相与秋。

听安万善吹觱篥歌

忽然更作《渔阳掺^{càn}》，黄云萧条白日暗。④

变调如闻《杨柳》春，上林繁花照眼新。⑤

岁夜高堂列明烛，美酒一杯声一曲。

①觱篥：从龟兹传入的一种管乐器，以竹为管，以乾芦作嘴，有九孔，发声悲壮。**龟兹**：西域古国名，在今新疆库车一带。　②**飙**：疾风。　③**飔飂**：象声词，形容大风刮过树木的声响。　④《**渔阳掺**》：即《渔阳掺挝（zhuā）》，鼓曲名，据说为曹操命祢衡所作，音节悲壮。　⑤《**杨柳**》：指乐曲《杨柳枝》，音节轻快。**上林**：秦汉时皇家园囿名。此处借指唐宫苑。

这是一首描写音乐的名诗。因为乐器本身的特点，音节悲壮，所以大部分诗句都突出凄清孤独的乐感。从"长飙风中自来往"到"黄云萧条白日暗"，以一连串的比喻，写乐声的凄幽、细碎、缓急、悲凉，凝结着一股伤感情调。到"变调如闻《杨柳》春"，情绪由悲转喜，乐声由苍凉转愉悦，连曲名也和环境相配合，洋溢着一片温馨。全诗所描写的形象，都是"听"出来的，由听觉引起联想，再把联想以视觉形象描述出来，使乐声凝成文字，无形变成有形，生动感人。《唐贤三昧集》云："步步踏实，绝不空衍。"

山寺鸣钟昼已昏，渔梁渡头争渡喧。^②

人随沙岸向江村，余亦乘舟归鹿门。

鹿门月照开烟树，忽到庞公栖隐处。^③

岩扉松径长寂寥，唯有幽人自来去。^④

　　诗的前四句描写黄昏晚归时渡口的喧闹场景，后四句描写隐居处的寂静清幽，前者虚描，后者实写，以闹衬静。诗人表面上似乎安心于隐居生活，其实对尘俗的热闹并未忘情，隐居并非出于本心，只是因为怀才不遇罢了，所以诗中体现了一种孤独无奈的心情。写法上纯用白描，不加斧凿，显得清疏简淡，十分自然。《唐贤清雅集》云："幽秀至此，直是诗中精灵。"

孟浩然

夜归鹿门歌^①

庐山谣寄卢侍御虚舟

我本楚狂人，凤歌笑孔丘。①

手持绿玉杖，朝别黄鹤楼。②

五岳寻仙不辞远，一生好入名山游。

庐山秀出南斗傍，屏风九叠云锦张，

影落明湖青黛光。③

金阙前开二峰长，银河倒挂三石梁。④

香炉瀑布遥相望，迴崖沓嶂凌苍苍。⑤

翠影红霞映朝日，鸟飞不到吴天长。⑥

登高壮观天地间，大江茫茫去不还。

黄云万里动风色，白波九道流雪山。⑦

好为庐山谣，兴因庐山发。

闲窥石镜清我心，谢公行处苍苔没。⑧

早服还丹无世情，琴心三叠道初成。⑨

遥见仙人彩云里，手把芙蓉朝玉京。⑩

先期汗漫九垓上，愿接卢敖游太清。⑪

①楚狂：即陆通，字接舆，战国时楚人。因当时政治混乱，佯狂不仕，人称"楚狂"。凤歌：《论语·微子》载："楚狂接舆歌而过孔子，曰：'凤兮凤兮，何德之衰……'"讽刺孔子热衷做官。　②黄鹤楼：在今湖北武汉黄鹄矶上，因地得名。传说有仙人在此骑鹤飞升。　③南斗：星宿名。古时以星宿分野，地上某区域对应天上某星宿。南斗为浔阳（今江西九江）的分野，而庐山在浔阳境内。屏风九叠：庐山五老峰东北有屏风叠，又称九叠云屏。明湖：即鄱阳湖。　④金阙：指金阙峰，又称石门山。

二峰：指香炉峰、双剑峰。　**银河**：指屏风叠附近的三叠泉瀑布。　**三石梁**：庐山上的一道石梁，长数十丈，宽不到一尺，下临深渊。　⑤**苍苍**：指苍青色的天空。　⑥**吴天**：吴地的天空。庐山春秋时属吴国。　⑦**九道**：九条水道。古时长江流到浔阳境内，分为九条河道。　**雪山**：形容长江白浪。　⑧**石镜**：庐山东面有圆石，明净如镜。　**谢公**：指南朝时的诗人谢灵运，好游览，到过庐山。　⑨**还丹**：道家炼丹，把丹烧成水银，再炼成丹砂，称还丹，相传服后可成仙。　**琴心三叠**：道家修炼的术语，指功夫已深，心神宁静。　⑩**玉京**：玉京山，道教传说为元始天尊天上的居处。　⑪**先期**：预先约定。　**汗漫**：传说中的神仙。《淮南子·道应训》载，卢敖周游各地，遇到一个怪人，便邀他同游。那个人说自己已经和汗漫约好了在九垓相会，说完耸身跳入云中。　**九垓**：九天。　**卢敖**：秦时燕人，秦始皇召为博士，后被派出海求仙，不返。一说后避难于庐山。此处代指卢虚舟。卢字御真，范阳（今北京一带）人，肃宗时曾任殿中侍御史。　**太清**：道家以玉清、上清、太清为三清，太清是天上最高处。

　　本篇是李白浪漫主义诗歌的代表作之一。诗作于诗人流放夜郎、遇赦而还途中。古代士人仕途失意后，往往寄情山水，求仙学道。从这个角度来看，本诗不脱窠臼。但诗人的愤懑和悲观之情，并不影响其诗作一贯大气磅礴、想象奇特的风格。诗极写庐山壮丽秀美的景色，奇峰秀峦，飞瀑悬崖，翠影红霞，茫茫大江，万里黄云，如到眼前。词采壮美奔放，想象瑰丽奇特，手法夸张。前人谓此诗"殊有仙气"。《唐宋诗醇》云："天马行空。不可羁绁。"《批点唐诗正声》云："全篇开阖俊荡，冠绝古今，即使杜工部为之，未易及此。"

庐山谣寄卢侍御虚舟

李白

梦游天姥吟留别

海客谈瀛(yíng)洲，烟涛微茫信难求。①
越人语天姥(mǔ)，云霞明灭或可睹。②
天姥连天向天横，势拔五岳掩赤城。③
天台四万八千丈，对此欲倒东南倾。④
我欲因之梦吴越，一夜飞渡镜湖月。⑤
湖月照我影，送我至剡(shàn)溪。⑥
谢公宿处今尚在，渌(lù)水荡漾清猿啼。⑦
脚著(zhuó)谢公屐(jī)，身登青云梯。⑧
半壁见海日，空中闻天鸡。⑨
千岩万转路不定，迷花倚石忽已暝。⑩
熊咆龙吟殷岩泉，栗深林兮惊层巅。⑪
云青青兮欲雨，水澹(dàn)澹兮生烟。⑫
列缺霹雳，丘峦崩摧。⑬
洞天石扉，訇(hōng)然中开。⑭
青冥浩荡不见底，日月照耀金银台。⑮
霓(ní)为衣兮风为马，云之君兮纷纷而来下。⑯
虎鼓瑟兮鸾(luán)回车，仙之人兮列如麻。⑰
忽魂悸以魄动，恍惊起而长嗟。
惟觉时之枕席，失向来之烟霞。⑱
世间行乐亦如此，古来万事东流水。

别君去兮何时还？

且放白鹿青崖间，须行即骑访名山。

安能摧眉折腰事权贵，使我不得开心颜！⑲

李白

梦游天姥吟留别

①瀛洲：古代传说东海上有三座仙山，名蓬莱、方丈、瀛洲。　②天姥：山名，在今浙江新昌。　③拔：超出。赤城：山名，在今浙江天台，土色皆赤，为天台山的一部分。　④天台：山名，在今浙江东部天台、宁海、奉化一带。⑤镜湖：即鉴湖，在今浙江绍兴。　⑥剡溪：水名，在今浙江嵊州，为曹娥江的上游。　⑦谢公：指六朝时的诗人谢灵运，曾游天姥山，在剡溪投宿。渌：清澈。⑧谢公屐：南朝谢灵运特制的登山木屐，上山去其前齿，下山去其后齿。青云梯：形容山上陡峭的石级。⑨天鸡：天上的鸡。《述异记》载，东南的桃都山上有棵大桃树，树冠有三千里大，树上有天鸡，日出时啼叫，天下的鸡也跟着啼起来。⑩暝：天黑。⑪殷：象声词，雷声。栗：惊怕战栗。⑫澹澹：水波动荡的样子。⑬列缺：闪电。霹雳：雷鸣。⑭洞天：神仙居住的地方。扉：门。訇：巨响。⑮金银台：指神仙居住的处所。⑯云之君：云神。⑰鼓：弹奏。⑱向来：刚刚过去。⑲摧眉：皱着眉头。

这是一首写梦中游历浙东名山的诗，也是李白浪漫主义诗歌的代表作之一。从"我欲因之梦吴越"到"失向来之烟霞"，都是梦境。梦中的天姥山，高耸险峻，云霞变幻，是神仙居住的仙山福地。诗人把美妙的神话传说，与天姥山的奇异风光结合起来，想象丰富，语言夸张，人物和景色都似真似幻，创造出一种磅礴的气势和奇幻的意境。诗中杂用四言、五言、六言、七言、九言，多次换韵，似信手拈来，却浑然天成，无斧凿痕迹，充分体现了诗人天才的语言驾驭能力和不拘一格的创造性。《批点唐诗正声》云："胸次皆烟霞云石，无分毫尘浊，别是一副言语，故特为难到。"

李白

金陵酒肆留别

风吹柳花满店香，吴姬压酒劝客尝。①
金陵子弟来相送，欲行不行各尽觞。
请君试问东流水，别意与之谁短长？②

　①吴姬：吴地的女子。金陵（今江苏南京）古代属吴国。**压酒**：新酒初熟，压挤酒糟取汁。　②**东流水**：指长江。

诗人告别金陵往扬州，作此诗留赠朋友。诗写离别时饮酒，虽然带点淡淡的伤感，但情绪还是温馨和谐的。"吴姬压酒劝客尝"，一个"压"字，把江南风物之美，生动地勾勒了出来。诗的末两句，把流水与离情相比，构思巧妙，情景交融，深情婉转，最为诗家称赏。《唐宋诗醇》云："言有尽而意无穷，味在酸咸之外。"

弃我去者，昨日之日不可留。

乱我心者，今日之日多烦忧。

长风万里送秋雁，对此可以酣高楼。①

蓬莱文章建安骨，中间小谢又清发。②

俱怀逸兴壮思飞，欲上青天览明月。③

抽刀断水水更流，举杯消愁愁更愁。

人生在世不称意，明朝散发弄扁舟。

①**高楼**：即谢朓楼，南朝时齐诗人谢朓任宣州太守时所建。　②**蓬莱**：传说中的海上仙山，相传藏有许多幽经秘录。东汉时朝廷贮书处叫东观，当时人称道家蓬莱山。后多用以指秘书省或秘书监。李白的族叔李云时任秘书省校书郎。**建安骨**：指汉魏之际曹操父子和"建安七子"等人诗文刚健遒劲的风格。建安是汉献帝的年号。**小谢**：指谢朓。后世把他和南朝宋诗人谢灵运对举，称谢灵运为"大谢"，谢朓为"小谢"。**清发**：清新秀发。　③**览**：通"揽"，摘取。

　　这是一首送别诗，但诗人描写的不是离情别意，而是借诗明志，抒发了自己狂放不羁的胸怀和抱负不得施展的悲愤，表达了对光明未来的憧憬和追求。全诗气势奔放，构思新颖，比喻奇巧。起句破空而来，不可端倪，结句潇洒出尘。"抽刀断水水更流，举杯消愁愁更愁"两句，可称千古绝唱。《唐诗选脉会通评林》云："厌恶多艰，兴思远引。韵清气秀，蓬蓬起东海，蓬蓬起西海。异质快才，自足横绝一世。"

李白

宣州谢朓楼饯别校书叔云

走马川行奉送封大夫出师西征

君不见走马川行雪海边，平沙莽莽黄入天。①

轮台九月风夜吼，一川碎石大如斗，随风满地石乱走。②

匈奴草黄马正肥，金山西见烟尘飞，汉家大将西出师。③

将军金甲夜不脱，半夜军行戈相拨，风头如刀面如割。④

马毛带雪汗气蒸，五花连钱旋作冰，幕中草檄砚水凝。⑤

虏骑闻之应胆慑，料知短兵不敢接，军师西门伫献捷。⑥

①**走马川**：故地在今新疆轮台一带。**行**：衍文，无义。**雪海**：地名，在今新疆西北边境一带。 ②**轮台**：古地名，在今新疆轮台东南。 ③**匈奴**：泛指当时边境西部和北部的少数民族。**金山**：即阿尔泰山。**汉**：此处借汉喻唐。 ④**金甲**：铁甲。 ⑤**五花**：五花马，毛色斑驳的良马。**连钱**：马身上如钱币一般的花纹。也作马名，即连钱骢。**草檄**：起草檄文。 ⑥**接**：接战，交锋。**军师**：部队。**伫**：等候。

　　唐天宝十三年（754），封常清以御史大夫任北庭都护、伊西节度使、翰海军使，负责西北军事。岑参在其幕中任职。这年冬天，封常清率军西征，大破敌兵。这首诗就是大军出征前写的。西北苦寒，环境险恶，大军冒寒出征，气氛紧张激动，情绪豪迈雄健。"平沙莽莽黄入天"等句，写沙漠戈壁的地理特点和寒冷程度，切实形象，使人过目难忘。全诗句句用韵，三句一转，音节铿锵明快，是盛唐边塞名篇之一。《昭昧詹言》云："奇才奇气，风发泉涌。"

轮台城头夜吹角，轮台城北旄头落。①

羽书昨夜过渠黎，单于已在金山西。②

戍楼西望烟尘黑，汉兵屯在轮台北。③

上将拥旄西出征，平明吹笛大军行。④

四边伐鼓雪海涌，三军大呼阴山动。⑤

虏塞兵气连云屯，战场白骨缠草根。⑥

剑河风急云片阔，沙口石冻马蹄脱。⑦

岑参

轮台歌奉送封大夫出师西征

亚相勤王甘苦辛，誓将报主静边尘。[8]

古来青史谁不见，今见功名胜古人。[9]

①**角**：号角，军中报时和指挥行动的乐器。**旄头**：即星空二十八宿中的昴宿，旧时称为"胡星"。此处以星喻胡人。　②**羽书**：紧急军书，上面插有鸟羽。**渠黎**：古西域国名，在今新疆米泉东南。**单于**：本是匈奴君主的称号，此处泛指少数民族首领。　③**轮台**：古地名，在今新疆轮台东南。　④**旄**：旌旗上的饰物。唐代大将、使臣都持旄节作为专制的凭证。　⑤**伐**：击，敲打。**阴山**：在今内蒙古中部。此处泛指胡人活动之处。　⑥**虏塞**：敌方的要塞。　⑦**剑河**：水名，在今新疆境内。**沙口**：地名，不详。　⑧**亚相**：副相。汉代以御史大夫为上卿，称亚相。此处指封常清。**勤王**：为王事勤劳。　⑨**青史**：古代削竹简记事，因称史书为"青史"。

这是送封常清出征的赞歌。写诗时大军其实还未作战，诗中描绘的征程与战况，都是作者的想象之词。大战前夕，气氛紧张，作者把西北原野的广漠苦寒，和将士的艰辛勇敢，写得形象具体，人事生动。诗在为封常清歌功颂德的同时，也极力颂扬了广大将士不畏生死的豪情壮志。全诗句句用韵，前十四句两句一转韵，节拍短促；后四句为一韵，声调悠扬。《唐诗选脉会通评林》云："起伏结构，语语壮健。"

岑参

轮台歌奉送封大夫出师西征

北风卷地白草折，胡天八月即飞雪。①

忽如一夜春风来，千树万树梨花开。

散入珠帘湿罗幕，狐裘不暖锦衾薄。②

将军角弓不得控，都护铁衣冷难著。③

瀚海阑干百丈冰，愁云惨淡万里凝。④

中军置酒饮归客，胡琴琵琶与羌笛。⑤

纷纷暮雪下辕门，风掣红旗冻不翻。⑥

轮台东门送君去，去时雪满天山路。⑦

山回路转不见君，雪上空留马行处。⑧

①**白草**：一种牧草，秋天变白。一说即莄莄草。　**胡天**：指西北边境的气候。　②**衾**：被子。　③**角弓**：用兽角装饰的弓。　**不得控**：指无法拉开弓。　**都护**：都护府的长官。泛指军官。　④**瀚海**：沙漠。　**阑干**：纵横，遍地。　⑤**中军**：主帅直接指挥的部队。此处指主帅的帐幕。　⑥**辕门**：军营大门。　**冻不翻**：指旗帜上冰雪凝冻，不能如常飘动。　⑦**轮台**：古地名，在今新疆轮台东南。　⑧**马行处**：马走过留下的痕迹。

　　本篇是唐代边塞诗的名作。诗以送行为主题，夸张而豪壮地写出西北边境奇丽独特的风光。诗的重点写西北的雪和寒。"忽如"两句写大雪纷纷扬扬，比喻生动贴切。"瀚海"两句，写寒气充塞天地，在真实的基础上夸张，气势迫人。诗前后用了四个"雪"字，点明了"白雪歌"这个题目。全诗首尾呼应，其中起伏转折一丝不乱，刚健中含婀娜。《唐诗评选》云："颠倒传情，神爽自一，不容元、白问花源津渡。"

杜甫

韦讽录事宅观曹将军画马图

国初已来画鞍马，神妙独数江都王。①
将军得名三十载，人间又见真乘黄。②
曾貌先帝照夜白，龙池十日飞霹雳。③
内府殷(yān)红玛瑙盘，婕妤(jié yú)传诏才人索。④
盘赐将军拜舞归，轻纨(wán)细绮相追风。⑤
贵戚权门得笔迹，始觉屏障生光辉。⑥
昔日太宗拳毛䯄(guā)，近时郭家狮子花。⑦
今之新图有二马，复令识者久叹嗟。
此皆战骑(jì)一敌万，缟(gǎo)素漠漠开风沙。⑧
其余七匹亦殊绝，迥若寒空杂霞雪。⑨
霜蹄蹴(cù)踏长楸(qiū)间，马官厮养森成列。⑩
可怜九马争神骏，顾视清高气深稳。
借问苦心爱者谁？后有韦讽前支遁。⑪
忆昔巡幸新丰宫，翠华拂天来向东。⑫
腾骧(xiāng)磊落三万匹，皆与此图筋骨同。⑬
自从献宝朝河宗，无复射蛟江水中。⑭
君不见金粟堆前松柏里，龙媒去尽鸟呼风。⑮

①**江都王**：唐太宗李世民的侄儿李绪，封江都王，以画马著名。 ②**将军**：指曹霸，唐代著名画家，官至左武卫将军。**乘黄**：传说中的神马名。 ③**貌**：描绘，画像。**先帝**：指唐玄宗。曹霸在玄宗开元年间即有画名。**照夜白**：骏马名。**"龙池"句**：谓曹霸画的马像神龙一样挟风雷飞腾。 ④**婕妤、才人**：都是宫中的女官名。 ⑤**拜舞**：古时臣子朝见皇帝的礼仪。**"轻纨"句**：谓画绢追赶飞送，都是权贵来求画。轻纨细绮泛指精良的丝织品，此指作画的绢。 ⑥**屏障**：屏风。 ⑦**拳毛骀**：唐太宗六匹骏马中的一匹。**郭家**：指唐中兴名将郭子仪。**狮子花**：骏马名。**漠漠**：迷茫的样子。 ⑨**霞雪**：云霞雪花。比喻马的颜色。 ⑩**霜蹄**：马蹄。**长楸间**：大道上。古人多于大道旁种植楸树。 ⑪**支遁**：即支道林，东晋名僧，识马爱马。 ⑫**新丰**：古县名，在今陕西临潼东北，该地有著名的华清宫。**翠华**：翠鸟羽毛装饰的旗子，是皇帝出行的仪仗。 ⑬**腾骧**：跳跃奔跑。**磊落**：众多的样子。 ⑭**献宝朝河宗**：据《穆天子传》记载，穆天子西行，朝拜水神河伯，献宝而还，不久便死了。唐玄宗接受楚州刺史献宝后一天，也死了。此处借指唐玄宗之死。**"无复"句**：谓再也不可能巡游狩猎了。据说汉武帝曾在浔阳江中射蛟。 ⑮**金粟堆**：玄宗葬于今陕西蒲城金粟山，陵墓称泰陵。**龙媒**：良马。古人以为天马一来，龙一定到，所以称良马为龙媒。

本篇写观赏曹霸画马图后的观感。诗的起首并没有直接描写曹霸的画马图，而是极写曹霸画技的高超和画名之著，似是不着边际，实为篇末的感慨埋下伏笔。诗中描写画马图的诗句只有"今之新图有二马"以下十句，着墨不多，却神完气足，九马之神骏，跃然纸上。诗末以玄宗生前身后的盛衰相比，又以衰气与篇首的盛气相烘托，抒发了世道沧桑的感慨。诗作于唐代宗广德二年（764），诗人当时寓居成都，人到晚年，且久经流离之苦，胸中自然感慨良多。《读杜心解》谓其"身历兴衰，感时抚事，惟其胸中有泪，是以言中有物"。《唐诗别裁集》则云："因画马说到真马，因真马说到天子巡幸，故君之思，倦倦不忘，此题后拓开一步法。"

韦讽录事宅观曹将军画马图

杜甫

丹青引赠曹将军霸

杜甫

将军魏武之子孙，于今为庶为清门。①
英雄割据虽已矣，文采风流今尚存。②
学书初学卫夫人，但恨无过王右军。③
丹青不知老将至，富贵于我如浮云。
开元之中常引见，承恩数(shuò)上南薰(xūn)殿。④
凌烟功臣少颜色，将军下笔开生面。⑤
良相头上进贤冠，猛将腰间大羽箭。⑥
褒公鄂公毛发动，英姿飒(sà)爽犹酣战。⑦
先帝御马玉花骢(cōng)，画工如山貌不同。⑧
是日牵来赤墀(chí)下，迥立阊阖(chāng hé)生长风。⑨
诏谓将军拂绢素，意匠惨淡经营中。⑩
须臾九重真龙出，一洗万古凡马空！⑪
玉花却在御榻上，榻上庭前屹相向。⑫
至尊含笑催赐金，圉(yǔ)人太仆皆惆怅。⑬
弟子韩幹(gàn)早入室，亦能画马穷殊相。⑭
幹惟画肉不画骨，忍使骅骝(huá liú)气凋丧。⑮
将军画善盖有神，偶逢佳士亦写真。
即今飘泊干戈际，屡貌寻常行路人。⑯
途穷反遭俗眼白，世上未有如公贫。
但看古来盛名下，终日坎壈(lǎn)缠其身。⑰

①**魏武**：指魏武帝曹操。曹霸是曹操的后代。**庶**：平民。曹霸晚年被贬为庶民。**清门**：寒素之家。　②**英雄割据**：指曹操与刘备、孙权三分天下。**文采风流**：曹操是著名诗人，文学成就突出。　③**卫夫人**：名铄，字茂猗，东晋汝阴太守李矩妻，著名书法家。王羲之曾向她学书法。**王右军**：即王羲之，东晋著名书法家，曾任右军将军。　④**开元**：唐玄宗的年号。**南薰殿**：殿名，在皇城兴庆宫内。　⑤**凌烟功臣**：唐太宗曾命阎立本在凌烟阁中画二十四功臣像。开元年间，唐玄宗又命曹霸重画了一次。　⑥**进贤冠**：黑布做的帽子，唐时百官上朝时所戴。**大羽箭**：长箭。　⑦**褒公鄂公**：指褒忠壮公段志玄、鄂国公尉（yù）迟恭，都是凌烟阁上画的功臣。　⑧**先帝**：指唐玄宗，当时已死。**玉花骢**：骏马名。

⑨**赤墀**：宫内涂成红色的台阶。**阊阖**：原指天门，此处指宫门。　⑩**意匠**：设计构思。**惨淡经营**：指艰苦创作。　⑪**九重**：皇宫。传说旧时皇宫门有九重。**真龙**：旧时称身长八尺以上的马为龙。　⑫**玉花**：玉花骢。　⑬**至尊**：皇帝。**圉人**：养马的人。**太仆**：官名，掌管皇帝车马。　⑭**韩幹**：唐代画家，师事曹霸，也以画马著称。**穷殊相**：穷尽马的各种形态。　⑮**骅骝**：本为周穆王"八骏"之一，后泛指良马。　⑯**貌**：描画。　⑰**坎壈**：穷困不得志。

　　本篇是一首寄赠诗，其中饱含人事沧桑、世态炎凉的感慨。诗的前面部分写曹霸画艺受到赏识，春风得意；后面部分写"安史之乱"后曹霸流浪民间，穷困落泊，其中也寄托了诗人的自身感受。前后荣衰相较，愈见世道沧桑。诗妙用衬托之法，章法跌宕纵横，如神龙在霄；语言豪迈流畅，气势充盛。清代有人称之为"古今七言诗第一压卷之作"。《杜诗解》云："波澜叠出，分外争奇，却一气混成，真乃匠心独运之笔。"

寄韩谏议注

今我不乐思岳阳，身欲奋飞病在床。①

美人娟娟隔秋水，濯足洞庭望八荒。②

鸿飞冥冥日月白，青枫叶赤天雨霜。③

玉京群帝集北斗，或骑麒麟翳凤凰。④

芙蓉旌旗烟雾落，影动倒景摇潇湘。⑤

星宫之君醉琼浆，羽人稀少不在旁。⑥

似闻昨日赤松子，恐是汉代韩张良。⑦

昔随刘氏定长安，帷幄未改神惨伤。⑧

国家成败吾岂敢，色难腥腐餐枫香。⑨

周南留滞古所惜，南极老人应寿昌。⑩

美人胡为隔秋水，焉得置之贡玉堂？⑪

①**岳阳**：今湖南岳阳，韩注居留之地。 ②**美人**：《楚辞》中常以美人香草比喻君子。此指韩注。**八荒**：八方荒远之地。 ③**鸿飞冥冥**：鸿雁远扬。此喻韩注归隐不出。 ④**玉京**：玉京山，道教传说是元始天尊在天上的居处。**群帝**：众仙人。**翳**：遮蔽。此处是跨骑的意思。 ⑤**潇湘**：即潇水和湘江，两河在湖南永州合流后入洞庭湖。 ⑥**羽人**：穿羽衣的仙人。 ⑦**赤松子**：传说中的仙人。**韩张良**：张良是汉代开国功臣，本是战国时韩国人，相传功成后弃功名随赤松子而去。 ⑧**刘氏**：指汉高祖刘邦。**帷幄**：帐幕。据《汉书》载，刘邦曾称赞张良"运筹帷幄之中，决胜千里之外"。 ⑨**色难**：有难色，不愿。**餐枫香**：喻指归隐山林。 ⑩**周南留滞**：据《史记》载，元封元年（前110），汉武帝到泰山封禅，司马谈（司马迁的父亲）滞留在周南（今河南洛阳），不能参与，郁郁而卒。**南极**：星名，即老人星。 ⑪**贡**：供献。**玉堂**：汉宫殿名，指代朝廷。

这是一首寄赠诗。诗意可分四层：首六句，表达了思念韩注的情感；次六句，喻指贵胄满朝，而高人远引；又次六句，点明韩注去官归山的缘由；末四句，为韩注的归隐感到惋惜，希望他重新出山为国效力。全诗语言隐晦，意境惝恍迷离，具有浪漫主义色彩，不同于杜诗一贯的写实风格。诗中用仙家的浪漫情景，来暗喻无法直言的隐衷，这需要读者去认真体味。《读杜心解》云："源出楚骚，气味大类谪仙。"

杜甫

寄韩谏议注

古柏行

杜甫

孔明庙前有古柏，柯如青铜根如石。①

霜皮溜雨四十围，黛色参天二千尺。②

君臣已与时际会，树木犹为人爱惜。③

云来气接巫峡长，月出寒通雪山白。④

忆昨路绕锦亭东，先主武侯同閟宫。⑤
_{bì}

崔嵬枝干郊原古，窈窕丹青户牖空。⑥
_{wéi} _{yǒu}

落落盘踞虽得地，冥冥孤高多烈风。⑦

扶持自是神明力，正直原因造化功。

大厦如倾要梁栋，万牛回首丘山重。⑧
_{zhòng}

不露文章世已惊，未辞剪伐谁能送？⑨

苦心岂免容蝼蚁，香叶终经宿鸾凤。⑩
_{lóu}

志士幽人莫怨嗟，古来材大难为用。⑪

①柯：枝丫。　②霜皮：经霜的树皮。围：古时或以五寸，或以一尺，或以双手合抱为一围。黛色：青黑色。　③君臣：指刘备和诸葛亮。际会：遇合。"树木"句：暗用周人爱护召伯歇息过的甘棠树的典故。　④巫峡：长江三峡之一。雪山：即雪宝顶，岷山主峰，在今四川松潘东，终年积雪。　⑤锦亭：即杜甫成都草堂。因近锦江，故名。閟宫：祠庙。成都武侯祠在刘备的庙中，所以说"同閟宫"。　⑥崔嵬：高大的样子。窈窕：幽深的样子。　⑦落落：卓立不群的样子。　⑧万牛回首：谓一万头牛也拖不动，只能回头看看。　⑨文章：华美的色彩。　⑩苦心：指柏树心味苦。　⑪幽人：不得志而隐居的人。

诗人一生始终对诸葛亮深怀敬意，歌咏极多。他不仅佩服诸葛亮的雄才大略，而且很推崇刘备与诸葛亮君臣相得的际会：正是那种君臣间的鱼水关系，使诸葛亮得以施展报负，使刘备得以三分天下有其一。诗人空怀抱负，却不逢明主，愤闷之情郁结胸中。本诗借歌颂诸葛亮庙前的古柏，抨击了"古来材大难为用"的社会现象，抒发了怀才不遇的感慨。诗风沉郁顿挫，语多双关，寓意深远，是杜诗中的咏物名篇之一。《唐宋诗醇》云："情深文明，眼空笔老，千载而下，如闻太息之声。"

杜甫

古柏行

大历二年十月十九日①，夔府别驾元持宅②，见临颍李十二娘舞剑器③，壮其蔚跂④。问其所师，曰："余公孙大娘弟子也。"⑤开元三载，余尚童稚，记于郾城观公孙氏舞剑器浑脱⑥，浏漓顿挫⑦，独出冠时⑧。自高头宜春、梨园二伎坊内人⑨，泊外供奉⑩，晓是舞者，圣文神武皇帝初⑪，公孙一人而已。玉貌锦衣，况余白首；今兹弟子，亦匪盛颜。既辨其由来，知波澜莫二⑫。抚事慷慨⑬，聊为《剑器行》。往者吴人张旭⑭，善草书帖，数尝于邺县见公孙大娘舞西河剑器⑮，自此草书长进，豪荡感激⑯，即公孙可知矣。

昔有佳人公孙氏，一舞剑器动四方。

观者如山色沮丧，天地为之久低昂。⑰

爧如羿射九日落，矫如群帝骖龙翔。⑱

来如雷霆收震怒，罢如江海凝清光。

绛唇珠袖两寂寞，晚有弟子传芬芳。⑲

临颍美人在白帝，妙舞此曲神扬扬。⑳

与余问答既有以，感时抚事增惋伤。㉑

先帝侍女八千人，公孙剑器初第一。

五十年间似反掌，风尘澒洞昏王室。㉒

梨园弟子散如烟，女乐余姿映寒日。

金粟堆南木已拱，瞿塘石城草萧瑟。㉓

玳筵急管曲复终，乐极哀来月东出。㉔

老人不知其所往，足茧荒山转愁疾。㉕

①**大历二年**：即公元 767 年。　②**夔府**：即夔州，治所在今重庆奉节东。唐于夔州设都督府，故名。**别驾**：刺史的佐吏。　③**临颍**：即今河南临颍。**剑器**：古代由西域传入的一种武舞，舞者手持双剑。　④**蔚跂**：舞姿雄健的样子。　⑤**公孙大娘**：唐开元年间著名的舞蹈家。　⑥**郾城**：即今河南郾城。**剑器浑脱**：融合剑器与浑脱两种舞而创制的一种武舞。浑脱也由西域传入，舞者头戴乌羊毛做的浑脱毡帽。⑦**浏漓顿挫**：形容舞姿飘逸而摇曳多姿。　⑧**冠时**：冠绝当时。　⑨**高头**：前头。**宜春、梨园**：都是宫中练习歌舞的地方。玄宗时设教坊于梨园，由玄宗亲自教以乐曲，习艺者称"梨园弟子"。其中宫女数百人，居宜春院，常在御前表演，又称"前头人"，即高头。　⑩**泊**：及。**外供奉**：不在宫中而随时奉诏表演的歌舞艺人。　⑪**圣文神武**：开元二十七年（739）群臣上给玄宗的称号。　⑫**波澜莫二**：指师徒俩舞技一脉相承，舞艺同样高超。　⑬**抚事**：追念往事。　⑭**张旭**：字伯高，吴（今江苏苏州）人，唐代著名书法家，其草书最负盛名。　⑮**邺县**：今河南安阳。**西河**：即河西，泛指今甘肃西部一带。　⑯**豪荡感激**：形容书法豪放飞动，很有激情。　⑰**沮丧**：失色。⑱**㸌**：闪光。**羿**：即后羿，夏代东夷族首领。传说尧时十日并出，草木都枯焦了，羿射去九个太阳。**群帝**：神仙们。**骖龙翔**：驾龙飞翔。　⑲**绛唇**：红唇。　⑳**白帝**：即白帝城，在今重庆奉节。　㉑**以**：原因。　㉒**颎洞**：无边无际，到处弥漫的样子。㉓**金粟堆**：即金粟山，在陕西蒲城，玄宗葬处。**瞿塘石城**：指瞿塘峡附近的山城，即夔州城。　㉔**玳筵**：美好的筵席。　㉕**足茧**：脚上的老茧。

本篇是唐诗中描写舞蹈的名篇之一。诗中用形象的语言和生动的笔触，描绘了公孙大娘及其弟子李十二娘的精湛舞技。诗人在小时候见过公孙大娘的舞姿，现在又观赏到了李十二娘的表演，有感于时序变迁，人事蹉跎，世事盛衰，感慨无限。明人王嗣奭谓诗人感慨"全是为开元、天宝五十年间治乱兴衰而发"（《唐宋诗醇》），可谓一针见血。《杜诗镜铨》则云："《序》中'浏漓顿挫''豪荡感激'，便是此诗妙境。"

漫叟以公田米酿酒①，因休暇则载酒于湖上②，时取一醉。欢醉中，据湖岸引臂向鱼取酒③，使舫载之，遍饮坐者。意疑倚巴丘酌于君山之上④，诸子环洞庭而坐，酒舫泛泛然触波涛而往来者，乃作歌以长之⑤。

元结

石鱼湖上醉歌并序

石鱼湖，似洞庭，夏水欲满君山青。

山为樽（zūn），水为沼，酒徒历历坐洲岛。⑥

长风连日作大浪，不能废人运酒舫。⑦

我持长瓢坐巴丘，酌饮四座以散愁。

①漫叟：元结的别号。
②湖：指石鱼湖，在今湖南道县东。 ③鱼：即石鱼。石鱼湖中有一块石头，形状像游鱼，石鱼的凹处，可以贮酒。
④巴丘：山名，即巴陵，在今湖南岳阳洞庭湖边。君山：洞庭湖中的岛，又名洞庭山。
⑤长：助兴。 ⑥沼：池子。喻为酒池。 ⑦废：停止。

题目是"醉歌"，显然是写饮酒的诗。末"酌饮四座以散愁"一句，点明无非以酒消愁而已。诗中比喻和夸张并用，想象奇特，用语夸张，描写生动有趣。"山为樽，水为沼""我持长瓢坐巴丘"等，既是浪漫夸张的想象，也体现了作者的醉态。《唐贤清雅集》云："不著一字，尽得风流，结处深情无限。"

韩愈

山石

山石荦确行径微，黄昏到寺蝙蝠飞。①

升堂坐阶新雨足，芭蕉叶大栀子肥。②

僧言古壁佛画好，以火来照所见稀。③

铺床拂席置羹饭，疏粝亦足饱我饥。④

夜深静卧百虫绝，清月出岭光入扉。

天明独去无道路，出入高下穷烟霏。

山红涧碧纷烂漫，时见松枥皆十围。⑤

当流赤足踏涧石，水声激激风生衣。

人生如此自可乐，岂必局束为人靰？⑥

嗟哉吾党二三子，安得至老不更归！⑦

①荦确：险峻不平的样子。行径微：道路狭窄。　②栀子：常绿灌木，白花香气浓郁。　③稀：隐隐约约。　④疏粝：形容饭食简陋粗劣。疏，通"蔬"，菜蔬，粝，糙米。　⑤山红：山花红艳。枥：即栎树。　⑥局束：受拘束。一作"局促"。靰：马络头。指被人控制。　⑦吾党：指志趣相投的人。

韩愈（768—824），字退之，河南河阳（今河南孟州南）人，郡望昌黎（今属河北）。幼年孤苦，贞元进士。后任监察御史，因上书言事，被贬为阳山令。宪宗时任刑部侍郎，因上书谏迎佛骨，被贬为潮州刺史。穆宗时，曾任京兆尹、吏部侍郎。一生行事正直敢言。他是唐代古文运动的倡导者，散文成就很高。诗作气魄雄伟，有时也奇崛险怪，别有一番风味。有《昌黎先生集》。

　　这是一首纪游诗。唐德宗贞元十七年（801）夏天，诗人游历洛阳惠林寺，写下这首诗。诗中按顺序记叙了黄昏到寺、夜晚宿寺、清晨离寺的历程。诗中的景物都是常见的，但由于诗人观察入微，描写生动，因此给人一种特别的美感。在诗人笔下，各种景物如图画层层展开，一句一层境界，使人留连忘返，自然引出厌弃仕途而回归自然的感慨。诗纯用散文化手笔，语言生动朴实，似不经意而实句烹字炼，不露雕琢痕迹，不愧为大家手笔。《义门读书记》云："直书即目，无意求工，而文自至，一变谢家模范之迹，如画家之有荆、关也。"

纤云四卷天无河，清风吹空月舒波。①
沙平水息声影绝，一杯相属君当歌。② （zhǔ）
君歌声酸辞且苦，不能听终泪如雨。
洞庭连天九疑高，蛟龙出没猩鼯号。③ （wú háo）
十生九死到官所，幽居默默如藏逃。④
下床畏蛇食畏药，海气湿蛰熏腥臊。⑤ （zhé）
昨者州前捶大鼓，嗣皇继圣登夔皋。⑥ （sì　kuí）
赦书一日行万里，罪从大辟皆除死。⑦
迁者追回流者还，涤瑕荡垢清朝班。⑧ （gòu）
州家申名使家抑，坎坷只得移荆蛮。⑨
判司卑官不堪说，未免捶楚尘埃间。⑩
同时流辈多上道，天路幽险难追攀。⑪
君歌且休听我歌，我歌今与君殊科：⑫
一年月明今宵多，人生由命非由他，
有酒不饮奈明何！

韩愈

八月十五夜赠张功曹

①河：银河。舒：舒展，散发。　②属：举杯劝客。君：指张署，河间（今属河北）人，当时的职务是江陵功曹参军。　③九疑：即九疑山、苍梧山，在今湖南宁远南。鼯：大飞鼠，形似松鼠，能利用前后肢间皮膜滑翔。　④官所：任官所在。指张署被贬之地临武（今属湖南）。　⑤药：指蛊毒，旧传西南地区用毒虫制成的毒药。湿蛰：湿地滋生的虫蛇。　⑥嗣皇：指唐顺宗。登：进用。夔皋：传说中尧舜时的两个贤臣。　⑦大辟：死刑。　⑧迁者：降职贬官的人。流者：被判刑流放的人。

⑨州家：即州刺史。使家：即观察处置使，一道的行政长官，掌考察州县官吏政绩，兼理民事。荆蛮：指湖北江陵一带。　⑩判司：州府的诸曹参军。参军属低级官吏，有过失会受鞭打。　⑪同时流辈：同时被贬谪的人。上道：指上路回京。　⑫殊科：不同类，不一样。

韩愈

八月十五夜赠张功曹

　　唐德宗贞元十九年（803），韩愈和张署在京任监察御史，因批评宫市之弊，分别被贬为阳山（今属广东）令和临武（今属湖南）令。贞元二十一年（805）正月，顺宗即位，大赦天下，韩愈和张署返回郴州（今属湖南）待命。但由于湖南观察使杨凭的阻挠，未能调任回京。这年八月，宪宗即位，再次大赦天下，韩愈改任江陵府法曹参军，张署改任江陵府功曹参军。这首诗写于两人得知改官江陵的消息但尚未赴任之际。诗为赠人之作，抒发的却是诗人仕途坎坷的悲苦之情。诗起处清旷，结处超脱，有太白风度。诗意料峭悲凉，源出楚《骚》。全诗纯用古调，用韵变化多端，是韩诗中最有停蓄顿折的作品之一。《竹庄诗话》云："怨而不乱，有《小雅》之风。"

五岳祭秩皆三公，四方环镇嵩当中。①

火维地荒足妖怪，天假神柄专其雄。②

喷云泄雾藏半腹，虽有绝顶谁能穷？

我来正逢秋雨节，阴气晦昧无清风。③

潜心默祷若有应，岂非正直能感通？④

须臾静扫众峰出，仰见突兀撑青空。

紫盖连延接天柱，石廪腾掷堆祝融。⑤

森然魄动下马拜，松柏一径趋灵宫。

粉墙丹柱动光彩，鬼物图画填青红。⑥

升阶伛偻荐脯酒，欲以菲薄明其衷。⑦

庙令老人识神意，睢盱侦伺能鞠躬。⑧

手持杯珓导我掷，云此最吉余难同。⑨

窜逐蛮荒幸不死，衣食才足甘长终。

侯王将相望久绝，神纵欲福难为功。⑩

夜投佛寺上高阁，星月掩映云曈昽。⑪

猿鸣钟动不知曙，杲杲寒日生于东。⑫

韩愈

谒衡岳庙遂宿岳寺题门楼

①**五岳**：中国的五座大山，即东岳泰山、西岳华山、南岳衡山、北岳恒山、中岳嵩山。
祭秩皆三公：谓都以三公之礼祭祀。祭秩指祭祀礼仪的等级。三公是朝廷最高官位
的通称。历代三公因官制不同而有所不同。　②**火维**：火乡。此指南方。旧时以赤
帝、祝融为衡岳之神。赤帝是五天帝中的南方之神，祝融是火神。**足**：多。　③**晦
昧**：阴暗。④**感通**：感应相通。⑤**紫盖**：峰名。衡山有七十二峰，其中最高大

的是芙蓉、紫盖、石廪、天柱、祝融五峰。　　❻动：闪耀。鬼物图画：画有鬼怪神灵的壁画。　　❼伛偻：弯腰。荐：进献。脯：干肉。　　❽庙令：管理神庙的人。睢盱：睁大眼看。　　❾杯珓：占卜工具，共两片，用木、竹或玉石制成，形如蚌壳。祷告后合掌抛在地上，一正一反为大吉，其余都有解释。　　❿望：愿望。福：赐福。　　⓫投：投宿。曈昽：隐约不明的样子。　　⓬杲杲：日出明亮的样子。

韩

愈

谒衡岳庙遂宿岳寺题门楼

　　韩愈从郴州赴江陵任职，途经衡山，登山游览，写下这首纪游抒怀的诗。诗人在赞美衡山的壮丽风景的同时，也抒发了屡遭贬谪的愤懑之情。给人印象最深的是诗中对衡山的描写，如"喷云泄雾藏半腹，虽有绝顶谁能穷"，写山上云雾缭绕，高不见顶；"须臾静扫众峰出，仰见突兀撑青空"，写云开雾散后，群峰高耸，直插青天。全诗风格健峭，宏肆中有肃穆之气。前人推为韩诗中七古第一。《唐诗别裁集》云："'横空盘硬语，妥帖力排奡'，公诗足当此语。"

石鼓歌

张生手持石鼓文，劝我试作石鼓歌。①

少陵无人谪（zhé）仙死，才薄将奈石鼓何。②

周纲陵迟四海沸，宣王愤起挥天戈。③

大开明堂受朝贺，诸侯剑佩鸣相磨。④

蒐（sōu）于岐阳骋雄俊，万里禽兽皆遮罗。⑤

镌（juān）功勒成告万世，凿石作鼓隳（huī）嵯峨（cuó）。⑥

从臣才艺咸第一，拣选撰刻留山阿。⑦

雨淋日炙野火燎，鬼物守护烦㧑（huī）呵。⑧

公从何处得纸本，毫发尽备无差讹（é）。⑨

辞严义密读难晓，字体不类隶与蝌。⑩

年深岂免有缺画，快剑斫断生蛟鼍（tuó）。⑪

鸾翔凤翥（zhù）众仙下，珊瑚碧树交枝柯。⑫

金绳铁索锁钮壮，古鼎跃水龙腾梭。⑬

①张生：即张籍。一说为张彻。石鼓：石制，形如鼓，为春秋时秦的刻石，共十个，每个上刻四言诗一首，内容歌咏秦国国君游猎情况。其文字称石鼓文。石鼓现存北京故宫博物院。唐初在天兴（今陕西凤翔）三畤原发现这些石鼓时，引起轰动，许多人撰写诗文记其事。　②少陵：即杜甫。因自号少陵野老，故称。谪仙：即李白。③周纲：周朝的政法制度。陵迟：衰败。宣王：即姬静，厉王之子，前827—前782在位，奋发图强，使周朝中兴。　④明堂：天子举行隆重仪式和发布诏令的场所。　⑤蒐：打猎。岐阳：岐山的南面。遮罗：张网拦捕。　⑥隳：毁坏。嵯峨：山势高峻的样子。此指险峻的高山。　⑦山阿：泛指山间。　⑧㧑呵：批评斥责。引申为卫护。　⑨纸本：指石鼓文拓本。　⑩隶：即隶书。蝌：即蝌蚪文，古文字体的一种。因头大尾小，形似蝌蚪，故称。　⑪鼍：鳄鱼的一种，俗称猪婆龙。　⑫翥：飞。　⑬古鼎跃水：相传周显王把九鼎沉没于泗水。秦始皇时派人入水探求，要把九鼎拉出水面，有龙咬断绳索，鼎始终打捞不出来。

陋儒编《诗》不得入，二《雅》褊迫无委蛇。①

孔子西行不到秦，掎摭星宿遗羲娥。②

嗟余好古生苦晚，对此涕泪双滂沱。

忆昔初蒙博士征，其年始改称元和。③

故人从军在右辅，为我度量掘臼科。④

濯冠沐浴告祭酒，如此至宝存岂多？⑤

毡包席裹可立致，十鼓只载数骆驼。

荐诸太庙比郜鼎，光价岂止百倍过？⑥

圣恩若许留太学，诸生讲解得切磋。

观经鸿都尚填咽，坐见举国来奔波。⑦

剜苔剔藓露节角，安置妥帖平不颇。⑧

大厦深檐与盖覆，经历久远期无佗。⑨

中朝大官老于事，讵肯感激徒婩婀！⑩

牧童敲火牛砺角，谁复着手为摩挲？

① 《诗》：即《诗经》。二《雅》：指《诗经》中的《大雅》和《小雅》。褊迫：狭窄，不宽广。委蛇：庄重而从容自然的样子。　②掎摭：摘取。羲娥：羲和和嫦娥，指日和月。　③博士：唐宪宗元和元年（806），韩愈从江陵被召回京，任国子监博士。④右辅：右扶风，为唐京师三辅之一，即凤翔府（今陕西西安）。当时韩愈有友人任凤翔节度府从事。度量：谋划。臼科：圆形的穴坑。指埋石鼓之处。　⑤祭酒：唐时国子监的主管长官。　⑥荐：进献。太庙：帝王的祖庙。郜鼎：古代郜国所铸的鼎，是珍贵的文物。光价：声价。　⑦观经：汉灵帝熹平四年（175）时，蔡邕请定六经文字，刻石立于太学门外，作为规范读本，称"熹平石经"。每天都有许多士人来观看、摹写。鸿都：汉代鸿都门为国家藏书之处。填咽：阻塞。坐：即将。　⑧节角：指文字笔画的棱角。颇：偏斜。　⑨无佗：无他，没有意外。　⑩讵肯：岂肯。婩婀：没有主意。

日销月铄就埋没，六年西顾空吟哦。①

羲之俗书趁姿媚，数纸尚可博白鹅。②

继周八代争战罢，无人收拾理则那！③

方今太平日无事，柄任儒术崇丘轲。④

安能以此上论列，愿借辩口如悬河。⑤

石鼓之歌止于此，呜呼吾意其蹉跎！

①六年：作者元和元年（806）向国子祭酒告知石鼓事，元和六年（811）作本诗，其间为六年。　②"数纸"句：相传王羲之曾以手书《道德经》换取山阴道士的白鹅。③八代：泛指周朝以后各个朝代。则那：怎奈何。　④柄任：重用。丘轲：孔丘、孟轲。　⑤上论列：指向朝廷进言。悬河：比喻善于辞令。《晋书·郭象传》："太尉王衍每云，听象语如悬河泻水，注而不竭。"

唐宪宗元和元年（806），韩愈得知天兴三畤原发现的十个石鼓尚未安置，即报告国子祭酒，提出运进太学，供学习、研究，但此建议一直未被采用。过了六年，便写下这首诗，既考证石鼓的来由，又描述石鼓文的奇妙，并批评朝廷不重视珍贵文物的过错。全诗一韵到底，笔力苍劲雄健，结构缜密，气势宏敞，是韩愈的代表作之一。《唐宋诗醇》云："典重瑰奇，良足铸之金而磨之石。"《唐诗快》则云："石鼓得此诗而不磨，诗亦并石鼓而不朽矣。"

渔翁夜傍西岩宿，晓汲清湘然楚竹。①
烟销日出不见人，欸乃一声山水绿。②
回看天际下中流，岩上无心云相逐。③

柳宗元

渔 翁

①**西岩**：即永州（今属湖南）西山。**汲**：取水。**然**：通"燃"。　②**欸乃**：象声词，摇橹声。唐时民间渔歌有《欸乃曲》。　③**无心**：形容白云飘飞。晋陶渊明《归去来兮辞》："云无心而出岫。"

本篇为诗人被贬永州时所作。诗人仕途失意，因此寄情山水。格调清新飘逸，意境幽绝。"烟销日出不见人，欸乃一声山水绿"两句，灵动地写出景色的变化，融人和自然于一体，动静相衬，愈见清幽，最为后人称赏。《批选唐诗》云："无色无相，潇然自得。"

长恨歌

汉皇重色思倾国，御宇多年求不得。①

杨家有女初长成，养在深闺人未识。②

天生丽质难自弃，一朝选在君王侧。

回眸一笑百媚生，六宫粉黛无颜色。③

春寒赐浴华清池，温泉水滑洗凝脂。④

侍儿扶起娇无力，始是新承恩泽时。⑤

云鬓花颜金步摇，芙蓉帐暖度春宵。⑥

①汉皇：指唐玄宗。唐人诗中常把当朝称为"汉"。倾国：喻美女。汉代《李延年歌》："北方有佳人，绝世而独立，一顾倾人城，再顾倾人国。"御宇：治理天下。　②杨家有女：指杨贵妃（719—756），字玉环，蒲州永乐（今山西永济）人。在叔父杨玄珪家长大，后成为玄宗儿子寿王李瑁之妃。武惠妃死后，玄宗看上杨玉环，先让她做女道士，到天宝四年（745）才把她封为贵妃。玄宗把儿媳抢来做妃子，并不光彩，所以此处以"养在深闺"来隐讳。　③粉黛：古代妇女所用的化妆品。借指女子。　④华清池：在今陕西临潼骊山下有华清宫，宫内有温泉浴池，名华清池。凝脂：形容肌肤白嫩光滑。　⑤恩泽：皇帝的宠爱。　⑥金步摇：妇女用的一种钗，挂有珠子，人行走时摇晃不定。

白居易（772—846），字乐天，晚号香山居士。唐代下邽（guī）（今陕西渭南）人。贞元十六年（800）进士。曾任翰林学士、左拾遗等职，因上书言事获罪，被贬为江州司马，后又任杭州、苏州等地刺史，官至刑部尚书。晚年辞官，闲居洛阳。他是新乐府运动的主要倡导者，主张"文章合为时而著，歌诗合为事而作"。其诗政治倾向强烈，艺术形象鲜明，语言通俗，读者众多。有《白氏长庆集》。

长恨歌

春宵苦短日高起，从此君王不早朝。

承欢侍宴无闲暇，春从春游夜专夜。

后宫佳丽三千人，三千宠爱在一身。

金屋妆成娇侍夜，玉楼宴罢醉和春。①

姊妹弟兄皆列土，可怜光彩生门户。②

遂令天下父母心，不重生男重生女。

骊宫高处入青云，仙乐风飘处处闻。③

缓歌慢舞凝丝竹，尽日君王看不足。

渔阳鼙鼓动地来，惊破《霓裳羽衣曲》。④

九重城阙烟尘生，千乘万骑西南行。⑤

翠华摇摇行复止，西出都门百余里。⑥

六军不发无奈何，宛转蛾眉马前死。⑦

花钿委地无人收，翠翘金雀玉搔头。⑧

君王掩面救不得，回看血泪相和流。

①**金屋**：与下文"玉楼"一样，都是指装饰华美的房屋。 ②**列土**：分封领地。此处指受封赏。**可怜**：可爱。 ③**骊宫**：指骊山上的华清宫。 ④**渔阳**：郡名，治所在今天津蓟县，当时由平卢、范阳、河东三镇节度使安禄山管辖。天宝十四年（755）安禄山在此发动叛乱。**鼙鼓**：军中的战鼓。**《霓裳羽衣曲》**：舞曲名，原为西域乐舞，名《婆罗门曲》，经玄宗改编，定名为《霓裳羽衣曲》。 ⑤**九重城阙**：指京城长安。⑥**翠华**：用翠鸟羽毛装饰的旗帜，是皇帝出行时的仪仗。此处指皇帝的车驾。⑦**"六军"二句**：指羽林军因恨杨氏误国，发生哗变，杀死杨国忠，并逼玄宗赐死杨贵妃。杨贵妃被太监缢杀于佛堂。六军指羽林军。蛾眉指杨贵妃。 ⑧**花钿**：花形首饰。**委地**：落在地上。**翠翘、金雀、玉搔头**：三种都是华美的首饰。

黄埃散漫风萧索，云栈萦纡登剑阁。^①

峨嵋山下少人行，旌旗无光日色薄。^②

蜀江水碧蜀山青，圣主朝朝暮暮情。

行宫见月伤心色，夜雨闻铃肠断声。^③

天旋地转回龙驭，到此踌躇不能去。^④

马嵬坡下泥土中，不见玉颜空死处。

君臣相顾尽沾衣，东望都门信马归。

归来池苑皆依旧，太液芙蓉未央柳。^⑤

芙蓉如面柳如眉，对此如何不泪垂？

春风桃李花开日，秋雨梧桐叶落时。

西宫南内多秋草，落叶满阶红不扫。^⑥

梨园弟子白发新，椒房阿监青娥老。^⑦

①**云栈**：高在云雾中的栈道。**萦纡**：弯曲盘旋。**剑阁**：古栈道名，在今四川剑阁东北大、小剑山之间，长三十里，为三国时诸葛亮派人所凿，是陕西入川的主要通道。　②**峨嵋山**：四川名山。此处泛指四川境内。**薄**：黯淡无光。　③**行宫**：皇帝出行的住所。"**夜雨**"句：郑处诲《明皇杂录》载："明皇既幸蜀，西南行，初入斜谷，属霖雨涉旬，于栈道雨中闻铃音与山相应。上既悼念贵妃，采其声为《雨霖铃》曲以寄恨焉。"　④**龙驭**：皇帝的车驾。肃宗至德二年（757）九月，唐军收复长安。十二月，玄宗出蜀还京。**此**：指杨贵妃被赐死的马嵬驿。　⑤**太液**：太液池，在长安大明宫内。**未央**：汉代宫名。借指唐宫苑。　⑥**南内**：南宫，即兴庆宫。玄宗初返长安后居处。　⑦**梨园弟子**：玄宗曾选教坊子弟三百人，于梨园学艺，常亲加教习，号"皇帝梨园弟子"；又选宫女数百，习艺于宜春北苑，也称"梨园弟子"。**椒房**：指后妃宫室。因其室以花椒和泥抹墙，取其多子之义，故称。**阿监**：宫中女官。**青娥**：指美丽的少女。

夕殿萤飞思悄然，孤灯挑尽未成眠。

迟迟钟鼓初长夜，耿耿星河欲曙^{shǔ}天。①

鸳鸯瓦冷霜华重，翡翠衾^{qīn}寒谁与共？②

悠悠生死别经年，魂魄不曾来入梦。

临邛^{qióng}道士鸿都客，能以精诚致魂魄。③

为感君王辗转思，遂教方士殷勤觅。

排云驭气奔如电，升天入地求之遍。

上穷碧落下黄泉，两处茫茫皆不见。④

忽闻海上有仙山，山在虚无缥缈间。

楼阁玲珑五云起，其中绰约多仙子。⑤

中有一人字太真，雪肤花貌参差^{cēn cī}是。⑥

金阙西厢叩玉扃^{jiōng}，转教小玉报双成。⑦

闻道汉家天子使，九华帐里梦魂惊。⑧

揽衣推枕起徘徊，珠箔^{bó}银屏迤逦^{yǐ lǐ}开。

云髻半偏新睡觉，花冠不整下堂来。⑨

风吹仙袂^{mèi}飘飘举，犹似《霓裳羽衣舞》。

①**耿耿**：明亮的样子。　②**鸳鸯瓦**：正反嵌合的瓦片。　③**临邛**：今四川邛崃。**鸿都**：汉代洛阳宫门名。此处借指京城长安。**致**：招来。　④**碧落**：道家称天界为碧落，以其碧霞遍满之故。**黄泉**：地下深处，阴间。　⑤**五云**：五色云彩。**绰约**：形容女子姿态柔美的样子。　⑥**太真**：杨玉环当道士时号太真。　⑦**扃**：门。**小玉、双成**：泛指杨氏成仙后的侍女。相传小玉原是春秋时吴王夫差的女儿，双成为西王母的侍女。　⑧**九华帐**：华丽的帐子。　⑨**觉**：醒。

玉容寂寞泪阑干，梨花一枝春带雨。①
含情凝睇谢君王，一别音容两渺茫。
昭阳殿里恩爱绝，蓬莱宫中日月长。②
回头下望人寰处，不见长安见尘雾。③
惟将旧物表深情，钿合金钗寄将去。④
钗留一股合一扇，钗擘黄金合分钿。⑤
但教心似金钿坚，天上人间会相见。
临别殷勤重寄词，词中有誓两心知。
七月七日长生殿，夜半无人私语时。⑥
在天愿作比翼鸟，在地愿为连理枝。⑦
天长地久有时尽，此恨绵绵无绝期。

白居易

长恨歌

①阑干：纵横满面。 ②昭阳殿：汉成帝宠妃赵飞燕姊妹所居宫殿名。此处指杨氏生前居处。蓬莱宫：泛指仙宫。 ③人寰：人世间。 ④钿合：镶嵌金、玉等物的首饰盒子。 ⑤擘：分开。 ⑥长生殿：殿名，在华清宫内。 ⑦比翼鸟：鸟名，又名鹣鹣，相传雌雄齐飞。常喻夫妻。连理枝：两株不同根的树，枝叶连生在一起。常用以比喻夫妻。

　　本篇是白居易两首著名的长篇叙事诗之一，千年来传诵不衰。诗中一反当时流行的为尊者讳，而一味指责杨氏误国的观点，矛头直指迷恋美色的唐玄宗。诗用大量笔墨描写了唐玄宗与杨贵妃的生死恋情，对这场爱情悲剧寄予了无限同情。对唐玄宗统治后期的贪色乱政的批评，和对李、杨爱情的歌颂，造成了诗歌主题的矛盾。全诗情节曲折，想象丰富，语言生动精炼，音韵优美和谐，起伏变化处连接紧凑，不露剪裁痕迹，具有极强的艺术感染力。《瓯北诗话》云："以易传之事，为绝妙之词，有声有情，可歌可泣，文人学士既叹为不可及，妇人女子亦喜闻而乐诵之。"《唐宋诗醇》云："如此长篇，一气舒卷，时复风华掩映，非有绝世才力非易到也。"

附：长恨歌传

陈　鸿

　　开元中，泰阶平，四海无事。玄宗在位岁久，倦于旰食宵衣，政无大小，始委于右丞相，稍深居游宴，以声色自娱。先是，元献皇后、武惠妃一皆有宠，相次即世。宫中虽良家子千数，无可悦目者。上心忽忽不乐。时每岁十月，驾幸华清宫，内外命妇，熠耀景从，浴日余波，赐以汤沐。春风灵液，澹荡其间，上心油然若有所遇。顾左右前后，粉色如土。诏高力士潜搜外宫，得弘农杨玄琰女于寿邸。既笄矣，鬒发腻理，纤秾中度，举止闲冶，如汉武帝李夫人。别疏汤泉，诏赐澡莹。即出水，体弱力微，若不任罗绮，光彩焕发，转动照人。上甚悦。进见之日，奏《霓裳羽衣曲》以导之；定情之夕，授金钗钿合以固之。又命戴步摇，垂金珰。明年，册为贵妃，半后服用。由是冶其容，敏其词，婉娈万态，以中上意。上益嬖焉。时省风九州，泥金五岳，骊山雪夜，上阳春朝，与上行同辇，止同室，宴专席，寝专房。虽有三夫人、九嫔、二十七世妇、八十一御妻，暨后宫才人、乐府妓女，使天子无顾盼意。自是六宫无复进幸者。非徒殊艳尤态致是，盖才智明慧，善巧便佞，先意希旨，有不可形容者。叔父昆弟皆列位清贵，爵为通侯。姊妹封国夫人，富埒王室，车服邸第，与大长公主侔矣；而恩泽势力，则又过之。出入禁门不问，京师长吏为之侧目。故当时谣咏有云："生女勿悲酸，生男勿喜欢。"又曰："男不封侯女作妃，看女却为门上楣。"其为人心羡慕如此。天宝末，兄国忠盗丞相位，愚弄国柄。及安禄山引兵向阙，以讨杨氏为词。潼关不守，翠华南幸。出咸阳，道次马嵬亭，六军徘徊，持戟不进。从官郎吏伏上马前，请诛晁错以谢天下。国忠奉氂缨盘水，死于道周。左右之意未快。上问之，当时敢言者，请以贵妃塞天下怨。上知不免，而不忍见其死，反袂掩面，使牵之而去。仓皇展转，竟就死于尺组之下。既而玄宗狩成都，肃宗受禅灵武。明年，大凶归元，大驾还都。尊玄宗为太上皇，就养南宫，自南宫迁于西内。时移事去，乐尽悲来。每至春之日，冬之夜，池莲夏开，宫槐秋落，梨园弟子，玉琯发音，闻《霓裳羽衣》一声，则天颜不怡，左右歔欷。三载一意，其念不衰。求之魂梦，杳不能得。适有道士自蜀来，知上皇心念杨妃如是，自言有李少君之术。玄宗大喜，命致其神。方士乃竭其术以索之，不至。又能游神驭气，出天界没地府以求之，不见。又旁求四虚上下，东极大海，跨蓬壶。见最高仙山，上多楼阙，西厢下有洞户，东向，阖其门，署曰"玉妃太真院"。方士抽簪扣扉，有双鬟童女，出应其门。方士造次未及言，而双鬟复入。俄有碧衣侍女又至，诘其所从。方士因称唐天子使者，且致其命。碧衣云："玉妃方寝，请少待之。"于时云海沉沉，洞天日晚，琼户重阖，悄然无声。方士屏息敛足，拱手门下。久之，而碧衣延入，且曰："玉妃出。"见一人冠金莲，披紫绡，佩红玉，曳凤舄，左右侍者七八人。揖方士，问皇帝安否，次问天宝十四载已还事。言讫悯然，指碧衣取金钗钿合，各析其半，授使者曰："为我谢太上皇，谨献是物，寻旧好也。"方士受辞与信，将行，色有不足。玉妃固征其意，复前跪致词："请当时一事，不为他人闻者，验于太上皇；不然，恐钿合金钗，负新垣平之诈也。"玉妃茫然退立，若有所思，徐而言曰："昔天宝十载，侍辇避暑于骊山宫。秋七月，牵牛织女相见之夕，秦人风俗，是夜张锦绣，陈饮食，树瓜华，焚香于庭，号为乞巧，宫掖间尤尚之。时夜殆半，休侍卫于东西厢，独侍上。上凭肩而立，因仰天感牛女事，密相誓心，愿世世为夫妇。言毕，执手各呜咽。此独君王知之耳。"因自悲曰："由此一念，又不得居此，复堕下界。且结后缘，或为天，或为人，决再相见，好合如旧。"因言："太上皇亦不久人间，幸惟自安，无自苦耳。"使者还奏太上皇，皇心震悼，日日不豫。其年夏四月，南宫晏驾。元和元年冬十二月，太原白乐天自校书郎尉于盩_{zhōu zhì}屋。鸿与琅琊王质夫家于是邑，暇日相携游仙游寺，话及此事，相与感叹。质夫举酒于乐天前曰："夫稀代之事，非遇出世之才润色之，则与时消没，不闻于世。乐天深于诗，多于情者也，试为歌之如何？"乐天因为《长恨歌》。意者不但感其事，亦欲惩尤物，窒乱阶，垂于将来者也。歌既成，使鸿传焉。世所不闻者，子非开元遗民，不得知；世所知者，有《玄宗本纪》在。今但传《长恨歌》云尔。

白居易

长恨歌

元和十年①，余左迁九江郡司马②。明年秋，送客湓浦口③，闻舟中夜弹琵琶者。听其音，铮铮然有京都声④。问其人，本长安倡女⑤，尝学琵琶于穆、曹二善才⑥，年长色衰，委身于贾人妇⑦。遂命酒，使快弹数曲⑧。曲罢悯然⑨，自叙少小时欢乐事，今漂沦憔悴，转徙于江湖间。余出官二年⑩，恬然自安⑪，感斯人言，是夕始觉有迁谪意。因为长句⑫，歌以赠之。凡六百一十二言，命曰《琵琶行》。

浔阳江头夜送客，枫叶荻花秋瑟瑟。⑬

主人下马客在船，举酒欲饮无管弦。

醉不成欢惨将别，别时茫茫江浸月。

忽闻水上琵琶声，主人忘归客不发。

寻声暗问弹者谁，琵琶声停欲语迟。⑭

移船相近邀相见，添酒回灯重开宴。⑮

千呼万唤始出来，犹抱琵琶半遮面。

转轴拨弦三两声，未成曲调先有情。⑯

弦弦掩抑声声思，似诉平生不得志。⑰

①元和十年：即公元815年。　②左迁：贬官。九江郡：隋置，唐改为江州，治所在今江西九江。司马：指州司马，州刺史的副职。　③湓浦口：湓浦又名湓江、湓水，即今龙开河。源出江西瑞昌西南青山，在九江西入长江，入江口即称湓浦口。④京都：京城长安。　⑤倡女：古代指以歌舞曲艺为业的女子。　⑥善才：本为唐时著名琵琶师，后泛指琵琶师。　⑦贾人：商人。　⑧快：痛痛快快。　⑨悯然：哀怜的样子。　⑩出官：指由京官外任地方官。　⑪恬然：心神安适。　⑫为：创作，撰写。⑬瑟瑟：象声词，秋风吹叶的声响。⑭迟：迟疑，犹豫。⑮回灯：重新挑亮油灯。⑯转轴：旋转弦轴以校正音调。⑰掩抑：幽咽低回。

低眉信手续续弹，说尽心中无限事。

轻拢慢撚抹复挑，初为《霓裳》后《六幺》。①

大弦嘈嘈如急雨，小弦切切如私语。②

嘈嘈切切错杂弹，大珠小珠落玉盘。

间关莺语花底滑，幽咽泉流水下滩。③

冰泉冷涩弦凝绝，凝绝不通声暂歇。

别有幽愁暗恨生，此时无声胜有声。

银瓶乍破水浆迸，铁骑突出刀枪鸣。④

①拢、撚、抹、挑：都是弹琵琶的手法。《霓裳》：即《霓裳羽衣曲》，初名《婆罗门曲》，开元中由西域传入，经唐玄宗改编后定名。《六幺》：又名《绿腰》《录要》，当时京城流行的舞曲。　②大弦：指最粗的琴弦。小弦：指最细的琴弦。　③间关：鸟鸣的声音。水下滩：一作"冰下难"。　④乍：突然。铁骑：铁甲骑兵。

白居易

琵琶行并序

曲终收拨当心画，四弦一声如裂帛。

东船西舫悄无言，惟见江心秋月白。

沉吟放拨插弦中，整顿衣裳起敛容。①

自言本是京城女，家在虾蟆陵下住。②

十三学得琵琶成，名属教坊第一部。③

曲罢曾教善才服，妆成每被秋娘妒。④

五陵年少争缠头，一曲红绡不知数。⑤

钿头云篦击节碎，血色罗裙翻酒污。⑥

今年欢笑复明年，秋月春风等闲度。

弟走从军阿姨死，暮去朝来颜色故。⑦

门前冷落车马稀，老大嫁作商人妇。

商人重利轻别离，前月浮梁买茶去。⑧

去来江口守空船，绕船明月江水寒。

夜深忽梦少年事，梦啼妆泪红阑干。⑨

我闻琵琶已叹息，又闻此语重唧唧。⑩

①拨：弹琵琶用的拨片。敛容：脸上表现出严肃庄重的神色。　②虾蟆陵：即下马陵，在长安城东南，是当时歌伎聚居的地方。　③教坊：唐代管理宫廷音乐的官署。④秋娘：歌伎的通称。　⑤五陵年少：泛指贵家子弟。五陵是指汉代五个皇帝的陵墓，地在今陕西咸阳附近，当时是豪门权贵聚居的地方。缠头：古时歌舞艺人常在头上缠锦帛作妆饰，称为"缠头"。此指赠给歌舞艺人的锦帛或财物。　⑥钿头云篦：两头镶嵌金玉的花形发髻。血色：鲜红色。　⑦阿姨：指姊妹。故：衰老。　⑧浮梁：当时重要的茶叶集散地，在今江西景德镇北。　⑨阑干：纵横流遍。　⑩唧唧：叹息声。

同是天涯沦落人，相逢何必曾相识。

我从去年辞帝京，谪居卧病浔阳城。

浔阳地僻无音乐，终岁不闻丝竹声。①

住近湓江地低湿，黄芦苦竹绕宅生。

其间旦暮闻何物？杜鹃啼血猿哀鸣。

春江花朝秋月夜，往往取酒还独倾。

岂无山歌与村笛？呕哑嘲哳难为听。②

今夜闻君琵琶语，如听仙乐耳暂明。

莫辞更坐弹一曲，为君翻作《琵琶行》。

感我此言良久立，却坐促弦弦转急。

凄凄不似向前声，满座重闻皆掩泣。

座中泣下谁最多？江州司马青衫湿。③

白居易

琵琶行并序

①丝竹：泛指音乐。　②呕哑嘲哳：形容音调嘈杂刺耳。　③青衫：唐代九品官着青衫，是官阶中最低的服色。州司马属从九品。

　　这是一首与《长恨歌》齐名的叙事长诗。诗中借写琵琶女的高超技艺和不幸遭遇，抒发了作者仕途不得意的悲愤之情。琵琶女技艺精绝，红极一时，年长色衰后流落江湖；诗人抱负远大，却被远谪江州。两人地位迥异，遭遇却有相似之处，同病相怜，很自然地引发了"同是天涯沦落人，相逢何必曾相识"的感慨。诗中对音乐的描写，尤有独到之处。诗人运用比喻、动静相衬、虚中见实、以情绘声等手法，把视觉形象和听觉形象巧妙地结合在一起，把乐声摹写得活灵活现，极富感染力。全诗语言清丽，音节流畅。诗中的许多名句，千年来传诵不衰。《唐宋诗醇》云："满腔迁谪之意，借商妇以发之，有同病相怜之意焉。"

李商隐

韩碑

元和天子神武姿，彼何人哉轩与羲。①

誓将上雪列圣耻，坐法宫中朝四夷。②

淮西有贼五十载，封狼生貙貙生罴。③

不据山河据平地，长戈利矛日可麾。④

帝得圣相相曰度，贼斫不死神扶持。⑤

腰悬相印作都统，阴风惨淡天王旗。⑥

愬武古通作牙爪，仪曹外郎载笔随。⑦

行军司马智且勇，十四万众犹虎貔。⑧

①元和：唐宪宗年号。轩与羲：轩辕与伏羲，传说中的圣贤君主。 ②法宫：宫室的正殿，处置军国大事的地方。四夷：泛指边境少数民族。 ③五十载：指从唐代宗宝应元年（762）李忠臣被任命为淮西十一州节度使，到唐宪宗元和十二年（817）吴元济被擒，前后达五十余年。其中共历"三姓四将"，都不服中央政府管辖。封狼：大狼。貙、罴：猛兽名。 ④日可麾：比喻叛军势力强大，对抗朝廷。《淮南子·览冥训》："鲁阳公与韩构难，战酣，日暮，援戈而㧑（huī）之，日为之反三舍。"㧑，通"麾"。 ⑤贼斫不死：指裴度遇刺之事。当时宰相武元衡和御史中丞裴度力主对淮西用兵，淄青节度使李师道派人入京行刺，武元衡被刺死，裴度受伤未死。宪宗即拜裴度为宰相。 ⑥都统：唐代后期征讨藩镇的军事统帅，即诸道行营都统。裴度任宰相后率军亲征淮西，虽无都统名义，却是事实上的军事统帅。 ⑦愬：指唐邓随节度使李愬。武：指淮西诸军行营都统韩弘的儿子韩公武。古：指鄂岳蕲安黄团练使李道古。通：指寿州团练使李文通。牙爪：帮手。仪曹外郎：指充任判官书记的礼部员外郎李宗闵。 ⑧行军司马：指充任行军司马的韩愈。

李商隐（约813—约858），字义山，号玉谿（xī）生，怀州河内（今河南沁阳）人。

文及近体诗，尤长于七律。诗与杜牧齐名，并称"小李杜"，又与温庭筠合称"温李"。其诗构思新巧细密，想象绮丽独特，音律谐婉，文辞精美，但有时用典太多，失之晦涩。有《李义山诗集》。

年轻时受天平军节度使令狐楚赏识。开成初中进士后，任泾原节度使王茂元幕僚，被招为女婿。因身陷"牛李党争"，遭人排挤，终身不得志，壮年即去世。他工于骈

入蔡缚贼献太庙，功无与让恩不訾[zī]。①

帝曰汝度功第一，汝从事愈宜为辞。

愈拜稽首蹈且舞：金石刻画臣能为。②

古者世称大手笔，此事不系于职司。③

当仁自古有不让，言讫屡颔天子颐。④

公退斋戒坐小阁，濡[rú]染大笔何淋漓。⑤

点窜《尧典》《舜典》字，涂改《清庙》《生民》诗。⑥

文成破体书在纸，清晨再拜铺丹墀[chí]。⑦

表曰臣愈昧死上，咏神圣功书之碑。

碑高三丈字如斗，负以灵鳌[áo]蟠[pán]以螭[chī]。⑧

句奇语重喻者少，谗之天子言其私。⑨

长绳百尺拽碑倒，粗沙大石相磨治。

公之斯文若元气，先时已入人肝脾。

汤盘孔鼎有述作，今无其器存其辞。⑩

①"入蔡"句：元和十二年（817）十月十五日，李愬雪夜袭蔡州，生擒叛将吴元济，送到长安，献于太庙，然后处斩。訾：估量。　②稽首：叩头行礼。　③大手笔：原指撰写国军大事文告的名家，后泛指会写文章的人。职司：指主管的有关部门。④颔天子颐：谓天子点头称是。　⑤濡染：以笔蘸墨。　⑥《尧典》《舜典》：都是《尚书》的篇名。《清庙》《生民》：都是《诗经》的篇名。这四篇诗文都是歌颂帝王的功业的。⑦破体：行书的变体。此指碑文体裁别具一格。　⑧鳌：大海龟。此指龟形的碑座。螭：龙的一种。此指碑上刻龙纹。　⑨喻：理解。　⑩"汤盘"二句：汤盘相传为商汤沐浴之盆。孔鼎相传为孔子祖先正考父之鼎。这两件器物上都有铭文，后来器物不存，铭文却记载流传了下来。

李商隐

韩碑

呜呼圣王及圣相，相与煊赫流淳熙。^①

公之斯文不示后，曷与三五相攀追！^②

愿书万本诵万遍，口角流沫右手胝。^③

传之七十有二代，以为封禅玉检明堂基。^④

①**煊赫**：显耀。**淳熙**：强烈的光泽。　②**三五**：三皇五帝，传说中上古的贤明君主。③**右手胝**：指右手因书写过多而起茧。胝，茧。　④**封禅**：古时帝王宣扬功业的一种祭祀仪式，多在泰山、梁山进行。**玉检**：玉制的封禅书的封套。**明堂**：天子颁布政令、朝见诸侯、举行祭祀的地方。**基**：基石。

镇压叛乱，统一全国，本是中央政府的职责。韩愈写《平淮西碑》立意是这样，李商隐写此诗立意也是这样。不过，因为战将争功，皇帝偏信，弄出韩愈写的碑文被磨去的事，又使诗人有了更多的感慨。李诗语言大多典雅华美，特别是爱情诗；但本诗写韩愈，就仿效韩愈诗奇险的语言风格，把议论和考证掺杂其中，使此诗成了写韩仿韩的作品，读来别有一番风味。《义门读书记》云："字字古茂，句句典雅，颂美之体，讽刺之遗也。"

开元二十六年①，客有从元戎出塞而还者②，作《燕歌行》以示适③。感征戍之事，因而和焉④。

高适

燕歌行并序

汉家烟尘在东北，汉将辞家破残贼。⑤

男儿本自重横行，天子非常赐颜色。⑥

拟金伐鼓下榆关，旌旗逶迤碣石间。⑦
chuāng　　　　　　　　wēi yí jié

校尉羽书飞瀚海，单于猎火照狼山。⑧
　　　　　　　　chán

山川萧条极边土，胡骑凭陵杂风雨。⑨

战士军前半死生，美人帐下犹歌舞。⑩

大漠穷秋塞草衰，孤城落日斗兵稀。⑪

身当恩遇常轻敌，力尽关山未解围。⑫

铁衣远戍辛勤久，玉箸应啼别离后。⑬
　　　　　　　　zhù

少妇城南欲断肠，征人蓟北空回首。⑭
　　　　　　　　　　jì

边庭飘飖那可度，绝域苍茫更何有！⑮
　　yáo

杀气三时作阵云，寒声一夜传刁斗。⑯

相看白刃血纷纷，死节从来岂顾勋。⑰

君不见沙场争战苦，至今犹忆李将军。⑱

①开元二十六年：即公元738年。开元，唐玄宗年号。
②元戎：军队的统帅。此指幽州节度使张守珪。　③《燕歌行》：乐府《相和歌·平调》古题，多写边地征戍之情。
④和：唱和。　⑤汉家：汉朝。此处借指唐代。烟尘：指

高适（约700—765），字达夫，一字仲武，渤海蓨（tiáo）（今河北景县）人。早年穷困失意，曾与李白、杜甫共游梁、宋间，后投陇右、河西节度使哥舒翰幕下为掌书记。「安史之乱」后，历任淮南、西川节度使，终散骑常侍，封渤海县侯。世称「高常侍」「高渤海」。其诗以边塞诗著称，风格雄浑刚健。在当时与岑参齐名，并称「高岑」。有《高常侍集》。

代战争。**汉将**：借指唐代将领。　⑥**重**：看重，崇拜。**横行**：驰骋沙场。**赐颜色**：即厚加礼遇。　⑦**拟金伐鼓**：指行军，因军中以击金和鼓为进退信号。拟，撞击。金，指铃、钲（zhēng）一类用铜制成的响器。**榆关**：即山海关。**碣石**：山名，在今河北昌黎北。　⑧**羽书**：插有羽毛的紧急军事文书。**瀚海**：沙漠。**单于**：匈奴人称其王为单于。此处借指少数民族首领。**狼山**：即狼居胥山，在今内蒙古克什克腾西北。　⑨**极**：穷尽。**凭陵**：侵犯。**杂风雨**：形容敌军来势猛烈。　⑩**半死生**：意谓生死各半。**帐下**：军帅的营帐中。　⑪**穷秋**：深秋。**衰**：枯萎。　⑫**当**：受。**恩遇**：朝廷隆厚的待遇。　⑬**铁衣**：铠甲。**玉箸**：玉制的筷子。喻指思妇的眼泪。　⑭**城南**：长安城之南，为当时的居民住宅区。**蓟北**：蓟州以北。泛指东北边地。　⑮**飘飖**：指边疆形势变化不定。**绝域**：极僻远的地方。　⑯**三时**：指早、午、晚，即一整天。**阵云**：战云。**刁斗**：古代军中白天用来做饭，晚间用以敲击巡更的铜器。　⑰**死节**：为国捐躯的气节。**岂顾勋**：岂是为了个人的功勋。　⑱**李将军**：即汉朝名将李广，一说即战国末赵将李牧，两人都以足智多谋、爱惜士卒著称。

　　这是一首描绘边塞战争的七言乐府。诗的主旨并不在于反映民族矛盾，而是着重揭露和谴责将帅的轻敌误国，荒淫失职，热情讴歌广大士兵舍生忘死、英勇顽强的战斗精神。全诗内容深广，气势畅达，风格悲壮，意境雄浑，是高适的"第一大篇"，也是唐代边塞诗的杰作之一。《唐诗三百首注疏》云："通首叙关塞之苦，只以'战士'二句、'君不见'二句点睛，运意绝高。"

古从军行

白日登山望烽火，黄昏饮马傍交河。①

行人刁斗风沙暗，公主琵琶幽怨多。②

野营万里无城郭，雨雪纷纷连大漠。③

胡雁哀鸣夜夜飞，胡儿眼泪双双落。

闻道玉门犹被遮，应将性命逐轻车。④

年年战骨埋荒外，空见蒲桃入汉家。⑤

①烽火：古时建烽火台，遇敌情燃火以报警。交河：河流名，在今新疆吐鲁番。②公主琵琶：汉代公主刘细君远嫁西域时，曾令人弹奏琵琶，以慰思乡之苦。此处喻指将士思乡之情。　③雨雪：下雪。　④玉门犹被遮：《史记·大宛传》载，汉武帝派李广利统兵征大宛，经年不胜。李广利上书请求罢兵，汉武帝大怒，"使使遮玉门曰：'军有敢入者，辄斩之。'"玉门，即玉门关。遮，阻拦。逐：追随。轻车：即轻车将军。此处泛指统兵的将帅。　⑤荒外：边远之地。蒲桃：即葡萄。本为西域特产，汉武帝时传入中原。

《从军行》是乐府古题。此诗借汉喻唐，明写汉武帝无谓的征战，实讽唐统治者穷兵黩武，视将士生命如草芥的行径。诗人对战争给西北少数民族人民造成的苦难，寄予了深切的同情，这在唐代边塞诗中是鲜见的。全诗音调铿锵，气格雄浑，有盛唐本色。《唐风定》云："音调铿锵，风情澹冶，皆真骨独存，以质胜文，所以高步盛唐，为千秋绝艺。"

王维

洛阳女儿行

洛阳女儿对门居，才可容颜十五余。①

良人玉勒乘骢马，侍女金盘脍鲤鱼。②

画阁朱楼尽相望，红桃绿柳垂檐向。

罗帷送上七香车，宝扇迎归九华帐。③

狂夫富贵在青春，意气骄奢剧季伦。④

自怜碧玉亲教舞，不惜珊瑚持与人。⑤

春窗曙灭九微火，九微片片飞花琐。⑥

戏罢曾无理曲时，妆成只是熏香坐。⑦

城中相识尽繁华，日夜经过赵李家。⑧

谁怜越女颜如玉，贫贱江头自浣纱。⑨

①**才可**：刚刚，恰好。　②**良人**：古代妻子对丈夫的尊称。**玉勒**：玉饰的马笼头。**骢马**：毛色青白相杂的马。**脍**：细切鱼肉。　③**罗帷**：丝织的帏幔。**七香车**：泛指华贵的车子。**九华帐**：泛指华丽的帷帐。　④**剧**：超过。**季伦**：晋朝巨富石崇，字季伦，以奢侈著称。　⑤**碧玉**：南朝宋汝南王的侍妾名。此处借指洛阳女儿。**"不惜"句**：《晋书·石崇传》载，石崇与王恺斗富。王恺拿出晋武帝所赐的一株二尺多高的珊瑚树，向石崇夸耀。石崇拿起铁如意来，一下子把珊瑚树敲碎了。王恺大怒，石崇却不慌不忙地叫人搬出六七株三四尺高的珊瑚树，叫王恺任意挑选。　⑥**曙**：天明。**九微火**：灯名。《汉武内传》："七月七日，设座大殿上，燃九光九微之灯，以待王母。"**片片**：指灯光。**花琐**：雕花的窗格。　⑦**曾无**：从无。**理曲**：练习歌曲。**熏香**：点燃香料熏衣。　⑧**繁华**：富贵人家。**赵李家**：泛指豪门贵戚之家。　⑨**越女**：指西施。

这首诗是王维十六岁时的作品，题目取自梁武帝《河中之水歌》"洛阳女儿名莫愁"，为针对乐府歌舞的杂题。从诗作的表象看，似乎是专写"洛阳女儿"骤然富贵之后，过着豪华阔绰而空虚无聊的生活。然而细加品味，就会发现，作者其实是以"洛阳女儿"喻一朝得宠，即纵情声色、不理国事的封建官僚，抒发了对贤者不遇的黑暗社会现实的愤慨。全诗寓意深远，格整气敛，使事典雅，属对工稳。《唐宋诗举要》云："借此以刺讥豪贵，意在言外，故妙。"

老将行

少年十五二十时，步行夺得胡马骑。 ①

射杀山中白额虎，肯数邺下黄须儿？ ②

一身转战三千里，一剑曾当百万师。

汉兵奋迅如霹雳，虏骑奔腾畏蒺藜。 ③

卫青不败由天幸，李广无功缘数奇。 ④

自从弃置便衰朽，世事蹉跎成白首。 ⑤

昔时飞箭无全目，今日垂杨生左肘。 ⑥

路旁时卖故侯瓜，门前学种先生柳。 ⑦

苍茫古木连穷巷，寥落寒山对虚牖。 ⑧

誓令疏勒出飞泉，不似颍川空使酒。 ⑨

贺兰山下阵如云，羽檄交驰日夕闻。 ⑩

节使三河募年少，诏书五道出将军。 ⑪

试拂铁衣如雪色，聊持宝剑动星文。 ⑫

愿得燕弓射大将，耻令越甲鸣吾君。 ⑬

莫嫌旧日云中守，犹堪一战立功勋。 ⑭

①"步行"句：《史记·李将军列传》载，汉名将李广在一次战役中负伤被匈奴人俘虏，途中乘敌不备，夺得敌军马匹，驰归军中。　②肯数：岂可只推许。邺下：古都邑名，在今河北临漳。三国时曹操被封为魏王，定都于此。黄须儿：指曹操次

子曹彰。其须黄色，性刚猛。　③蒺藜：古代战地防御用的一种障碍武器。　④卫青：汉代名将，因征匈奴有功，官至大将军。**李广**：汉代名将，与匈奴作战大小七十余次，屡建奇功，却未得封侯。**缘**：因为。**数奇**：命运不好。　⑤弃置：抛弃不用。**蹉跎**：光阴虚度。　⑥**飞箭全无目**：谓飞箭使鸟雀双目不全。形容老将射技精绝。**垂杨生左肘**：比喻老将举止不再利落。垂杨，代指瘤子。　⑦**故侯瓜**：秦代召平曾被封为东陵侯。秦亡后，他隐居长安城外，种瓜自给。其瓜味美，世谓"东陵瓜"。**先生柳**：晋渊明弃官归隐后，著《五柳先生传》以自况，后人因称其为"五柳先生"。　⑧**穷巷**：深巷。**虚牖**：敞开的窗子。　⑨**疏勒出飞泉**：东汉时名将耿恭领兵驻守疏勒城（今新疆喀什）。匈奴人包围了疏勒城，并截断水源。汉军在城内掘井十五丈仍不得水，耿恭向天祈祷，不久就有泉水涌出。匈奴以为有神灵佑助，于是撤围而去。**颍川空使酒**：汉将军灌夫，颍川颍阳（今河南许昌）人，好借酒泄怒，后被诛。　⑩**贺兰山**：山脉名，在今宁夏西北与内蒙古交界处。**羽檄**：插有羽毛的紧急军书。　⑪**节使**：持着符节的朝廷使臣。**三河**：汉代称河内、河南、河东三郡为"三河"。即今山西、河南一带。**五道出将军**：命五位将军分道出击。　⑫**铁衣**：铠甲。**星文**：刻在宝剑上的七星花纹。　⑬**燕弓**：燕地所产的劲弓。**鸣**：惊扰。　⑭**云中守**：指汉文帝时威震匈奴的云中郡（治所在今内蒙古托克托东北）太守魏尚。

　　本篇描写一位英勇善战、功勋卓著的老将遭弃置赋闲的抑郁晚景，揭露了封建统治者对有功将士的冷酷无情，歌颂了老将在国家烽火又起的时候，能不计得失，壮心复起，"尚思为国戍轮台"的高尚情操和爱国热忱。全诗大量使事用典，多次换韵，但对仗工整，极好地表达了作品的主题。《王孟诗评》云："满篇风致，收拾处常嫩而短，使人情事欲绝。"

渔舟逐水爱山春，两岸桃花夹古津。①

坐看红树不知远，行尽青溪忽值人。②

山口潜行始隈隩，山开旷望旋平陆。③
_{wēi yù}

遥看一处攒云树，近入千家散花竹。④
_{cuán}

樵客初传汉姓名，居人未改秦衣服。⑤

居人共住武陵源，还从物外起田园。⑥

月明松下房栊静，日出云中鸡犬喧。⑦
_{lóng}

惊闻俗客争来集，竞引还家问都邑。⑧

平明闾巷扫花开，薄暮渔樵乘水入。⑨

初因避地去人间，更问神仙遂不还。⑩

峡里谁知有人事，世中遥望空云山。

不疑灵境难闻见，尘心未尽思乡县。⑪

出洞无论隔山水，辞家终拟长游衍。⑫

自谓经过旧不迷，安知峰壑今来变！

当时只记入山深，青溪几度到云林。

春来遍是桃花水，不辨仙源何处寻！⑬

王维

桃源行

①逐水：顺着流水。古津：古渡口。　②坐：因为。值：遇到。　③隈隩：曲折幽深。旷望：展望。旋：立即。平陆：平坦的原野。　④攒：簇集。　⑤樵客：樵夫。这里借指渔人。　⑥武陵源：即桃花源，在今湖南桃源南。晋代其地属武陵郡。还：接着。物外：世外。指桃花源。　⑦房栊：窗户。此处指房舍。　⑧都邑：指家乡。　⑨扫花：打扫花径。开：开门。　⑩去：离开。更问：再一步寻求。　⑪灵境：仙境。这里指桃花源。尘心：凡尘之心。乡县：故乡。　⑫游衍：游玩。　⑬桃花水：春天桃花开时的雨水。

这首《桃源行》是王维十九岁时的作品，内容取自晋陶渊明的《桃花源记》。全篇充满诗情画意，寄托了诗人对平和安适、没有纷争的美好生活的向往。语言清新自然，不板不浮，气韵流丽醇雅，可称绝调。《唐风定》云："质素天然，风流嫣秀，开千古无穷妙境。"

李白

蜀道难

噫吁嚱，危乎高哉！蜀道之难难于上青天。①

蚕丛及鱼凫，开国何茫然？②

尔来四万八千岁，乃与秦塞通人烟。③

西当太白有鸟道，可以横绝峨嵋巅。④

地崩山摧壮士死，然后天梯石栈方钩连。⑤

上有六龙回日之高标，下有冲波逆折之回川。⑥

黄鹤之飞尚不得过，猿猱欲度愁攀援。

青泥何盘盘，百步九折萦岩峦。⑦

扪参历井仰胁息，以手抚膺坐长叹。⑧

问君西游何时还，畏途巉岩不可攀。⑨

但见悲鸟号古木，雄飞雌从绕林间。

又闻子规啼夜月，愁空山。⑩

蜀道之难难于上青天，使人听此凋朱颜。⑪

连峰去天不盈尺，枯松倒挂倚绝壁。⑫

飞湍瀑流争喧豗，砯崖转石万壑雷。⑬

其险也若此，嗟尔远道之人胡为乎来哉？⑭

剑阁峥嵘而崔嵬，一夫当关，万夫莫开。⑮

所守或匪亲，化为狼与豺。⑯

朝避猛虎，夕避长蛇。

磨牙吮血，杀人如麻。

锦城虽云乐，不如早还家。⑰

蜀道之难难于上青天，侧身西望长咨嗟！⑱

蜀
道
难

①噫吁嚱：蜀人的惊叹声。 ②蚕丛、鱼凫：传说中古代蜀国的两位国王。茫然：渺茫不清。 ③尔来：从那时以来。四万八千岁：形容时间漫长。秦塞：秦地。古代秦地（今陕西中部一带）多山，地势险绝，故称。 ④太白：山名，或称太乙山，秦岭主峰，在今陕西周至、太白、眉县间。鸟道：只有飞鸟可渡的山道。极言山道险窄。横绝：横渡。峨嵋：山名，在今四川峨眉西南。 ⑤"地崩"句：传说秦惠王许嫁五位美女给蜀王，蜀王派了五个力士去迎接。返回时路经梓潼，见一大蛇钻入山穴中，五力士一齐抓住蛇尾往外拉，结果山被拉塌，力士与美女都被压死，山也分为五岭。天梯：形容山路高峻。石栈：栈道。钩连：沟通连接。 ⑥六龙回日：意谓蜀地的山太高峻，连日车到此都不得不回头。相传太阳神乘的是羲和驾驭的六条龙拉的神车。高标：指蜀山中最高的可以作为一方标志的山峰。冲波逆折之回川：奔腾倒流、迂回曲折的河流。 ⑦青泥：岭名，为唐代入蜀要道，在今陕西略阳西北。盘盘：形容山路曲折。萦：盘绕。 ⑧扪参历井：谓蜀道高峭入云，行人伸手就可摸到星辰。参、井，都是星宿名。胁息：屏住呼吸。膺：胸口。 ⑨君：泛指入蜀之人。畏途：艰险可畏的道路。巉岩：陡峭的山岩。 ⑩子规：即杜鹃鸟。 ⑪凋朱颜：使漂亮的容貌衰老。 ⑫去：离。盈：满。 ⑬喧豗：轰响声。砯：水流撞击岩石的声音。这里作动词用，冲击的意思。 ⑭胡为乎：为什么。 ⑮剑阁：古栈道名，在今四川剑阁东北的大、小剑山间，为秦地入蜀主要通道。峥嵘：高峻貌。 ⑯所守：守关的人。匪亲：不是亲信的人。匪，通"非"。 ⑰锦城：即锦官城，成都的别称。 ⑱咨嗟：长叹息。

　　《蜀道难》是六朝《相和歌·瑟调曲》旧题，专写蜀道之难。李白的这首诗也是对过去题材的再发挥。诗人展开惊人的想象，以夸张的笔触，结合动人的神话传说，描绘了古蜀道的艰险，表达了对国事的隐忧，抒发了怀才不遇的不平之情。全诗语言生动，节奏明快，气势雄奇奔放，是李白浪漫主义诗歌的代表作之一。《本事诗》载，贺知章初会李白，阅此诗，"读未竟，称叹者数回，号为谪仙"。《增订唐诗摘钞》云："倏起倏落，忽虚忽实，真如烟水杳渺，绝世奇文也。"

长相思，在长安。

络纬秋啼金井阑，微霜凄凄簟色寒。^①

孤灯不明思欲绝，卷帷望月空长叹。^②

美人如花隔云端，上有青冥之长天，下有渌水之波澜。^③

天长路远魂飞苦，梦魂不到关山难。^④

长相思，摧心肝。

李白

长相思二首

日色欲尽花含烟，月明如素愁不眠。⑤

赵瑟初停凤凰柱，蜀琴欲奏鸳鸯弦。⑥

此曲有意无人传，愿随春风寄燕然。⑦

忆君迢迢隔青天，昔日横波目，今作流泪泉。⑧

不信妾肠断，归来看取明镜前。

①络纬：虫名，即莎鸡，俗称纺织娘。**金井阑**：井四周华贵的栏杆。**簟**：竹席。②**帷**：指窗帘。 ③**美人**：所思之人。**渌水**：清澈的水。 ④**关山难**：谓关山艰险难度。 ⑤**含**：笼罩。**素**：白色的绢。 ⑥**赵瑟**：瑟是一种弦乐器。相传古代赵国妇女善鼓瑟，故称。**凤凰柱**：指刻有凤凰形状的瑟柱。**蜀琴**：西汉蜀人司马相如善弹琴，故称。**鸳鸯弦**：琴上不同粗细的两根弦，亦称雌雄弦。⑦**燕然**：山名，即今蒙古人民共和国的杭爱山。 ⑧**横波**：形容眼睛流盼生姿。

《长相思》是乐府《杂曲歌辞》旧题。这两首《长相思》是李白不同时期的作品。两首诗均是表达相思之苦：第一首为男思女，时在秋；第二首是女思男，时在春。前人或认为第一首别有深意，寄托了诗人怀才不遇的苦闷和愤慨。两诗音节哀苦，辞清意婉。《唐诗品汇》云："词意悲而不伤，怨而不谤。"

金樽清酒斗十千，玉盘珍<ruby>馐<rt>xiū</rt></ruby>值万钱。①

停杯投<ruby>箸<rt>zhù</rt></ruby>不能食，拔剑四顾心茫然。②

欲渡黄河冰塞川，将登太行雪满山。

闲来垂钓碧溪上，忽复乘舟梦日边。③

行路难，行路难。多歧路，今安在？④

长风破浪会有时，直挂云帆济沧海。⑤

①樽：酒杯。清酒：美酒。斗十千：一斗值十千钱。馐：美味的菜肴。　②箸：筷子。　③"闲来"二句：传说姜尚（姜太公）未遇周文王时，曾在渭水的磻溪垂钓。伊尹受商汤聘前，曾梦见乘船从日月旁边经过。　④歧路：岔路。　⑤长风破浪：比喻施展抱负。《宋书·宗悫传》记载，宗悫少年时，叔父宗炳问他的志向，他回答说："愿乘长风破万里浪。"济：渡。

《行路难》是古乐府杂曲旧题，多写世路艰难和离别情绪。原诗共三首，此是第一首。作者沿用旧题而独出机杼，叙写了失意的不平和世路艰难的感慨。同时，诗人又坚信总有一天会实现自己的抱负，表现出坚定的自信心和乐观精神。全诗想象变幻莫测，气势奔放，风格飘逸。《唐宋诗醇》云："此盖被放之初述怀如此，真写得'难'字意出。"

李白

行路难

李白

将进酒

君不见黄河之水天上来，奔流到海不复回。

君不见高堂明镜悲白发，朝如青丝暮成雪。

人生得意须尽欢，莫使金樽空对月。

天生我材必有用，千金散尽还复来。

烹羊宰牛且为乐，会须一饮三百杯。①

岑夫子，丹邱生，将进酒，杯莫停。②

与君歌一曲，请君为我倾耳听。

钟鼓馔玉不足贵，但愿长醉不用醒。③

古来圣贤皆寂寞，惟有饮者留其名。

陈王昔时宴平乐，斗酒十千恣欢谑。④

主人何为言少钱，径须沽取对君酌。⑤

五花马，千金裘，呼儿将出唤美酒，

与尔同销万古愁。⑥

①会须：应该。　②岑夫子：即岑勋，李白的好友。丹邱生：即元丹邱，李白的好友。将：请。　③钟鼓馔玉：泛指豪门贵族的奢侈生活。古时富贵人家宴会时常击鼓鸣钟作乐。馔，吃。玉，泛指精美的食品。　④陈王：即三国时曹操之子曹植，曾被封为陈王。平乐：即平乐观（guàn），汉宫阙名，故址在今河南洛阳附近。恣欢谑：尽情地调笑。　⑤何为：为什么。径须：只管。沽：买。　⑥五花马：毛色斑杂的良马。一说为马鬃剪成五瓣的良马。千金裘：价值千金的皮衣。将出：拿出来。销：同"消"，解除。

《将进酒》是乐府旧题，属《鼓吹曲·铙歌》，本多写宴会时放歌劝饮的情趣。这首诗写于诗人被玄宗"赐金放还"后。诗人在感叹时光难驻、人生短暂，宣扬及时行乐的同时，并没有自甘消沉，而是坚信"天生我材必有用"。诗中一吐怀才不遇的愤懑不平之情，表现了诗人傲岸不羁、乐观自信的豪情。全诗音节嘹亮，言语奔放，气势宏大，是李白诗歌的代表作之一。《而庵说唐诗》云："太白此歌，最为豪放，才气千古无双。"

李白

将进酒

车辚辚，马萧萧，行人弓箭各在腰。①

爷娘妻子走相送，尘埃不见咸阳桥。②

牵衣顿足拦道哭，哭声直上干云霄。③

道旁过者问行人，行人但云点行频。④

或从十五北防河，便至四十西营田。⑤

去时里正与裹头，归来头白还戍边。⑥

边庭流血成海水，武皇开边意未已。⑦

君不闻汉家山东二百州，千村万落生荆杞。⑧

纵有健妇把锄犁，禾生陇亩无东西。⑨

况复秦兵耐苦战，被驱不异犬与鸡。⑩

长者虽有问，役夫敢申恨？⑪

且如今年冬，未休关西卒。⑫

县官急索租，租税从何出？

信知生男恶，反是生女好。⑬

生女犹得嫁比邻，生男埋没随百草。

君不见青海头，古来白骨无人收。⑭

新鬼烦冤旧鬼哭，天阴雨湿声啾^{jiū}啾。⑮

杜甫

兵车行

①辚辚：车轮滚动声。萧萧：马鸣声。　②咸阳桥：即渭桥，又名便桥、便门桥，故址在今陕西咸阳南。　③干：冲。　④点行：按名册征召入伍。频：频繁。⑤十五、四十：均指年龄。防河：唐时吐蕃常侵扰边境，唐王朝遣兵驻守河西（今甘肃、宁夏一带），称为防河。营田：屯田。　⑥里正：乡官名。唐制，百户为一里，设里正，掌户口、赋役等事。　⑦武皇：汉武帝。这里借指唐玄宗。开边：开拓疆土。⑧汉家：借指唐朝。山东：华山以东。　⑨把：扶。无东西：指庄稼长得很杂乱。⑩秦兵：来自关中的士卒。⑪长者：指"道旁过者"。申：诉说。⑫且如：就如。休：停。　⑬信知：确知。⑭青海头：青海湖边。青海湖在今青海东部，唐时吐蕃军与唐军常在此一带交战。⑮啾啾：形容鬼的呜咽声。

　　这是一首抨击唐统治者穷兵黩武的新题乐府诗。作者用问答的形式，以白描的手法，朴素的语言，将百姓们苦于征役的惨状，一一叙来，句句血泪，满纸悲怆，感人至深。杜诗被后世誉为"诗史"，本篇反映的就是唐天宝后期的历史现实，它是杜甫现实主义诗歌的代表作之一。《唐宋诗醇》云："词意沉郁，音节悲壮，此天地商声，不可强为也。"

三月三日天气新，长安水边多丽人。①

态浓意远淑且贞，肌理细腻骨肉匀。②

绣罗衣裳照暮春，蹙(cù)金孔雀银麒麟。③

头上何所有？翠微匎叶垂鬓唇(è)。④

背后何所见？珠压腰衱(jié)稳称身。⑤

就中云幕椒房亲，赐名大国虢(guó)与秦。⑥

紫驼之峰出翠釜，水精之盘行素鳞。⑦

犀箸(zhù)厌饫(yù)久未下，鸾刀缕切空纷纶。⑧

黄门飞鞚(kòng)不动尘，御厨络绎送八珍。⑨

箫管哀吟感鬼神，宾从杂遝(tà)实要津。⑩

后来鞍马何逡巡(qūn)，当轩下马入锦茵。⑪

杨花雪落覆白蘋(pín)，青鸟飞去衔红巾。⑫

炙手可热势绝伦，慎莫近前丞相嗔(chēn)。⑬

①**三月三日**：古时以阴历三月上旬的巳日为"上巳"，魏晋后改为三月初三日。这天人们都要到水边洗涤肌肤，祈福消灾。后来演变为到郊外踏青，宴饮游春。**长安水边**：指长安东南的曲江一带。　②**态浓意远**：容貌艳丽，气质高雅。**淑且贞**：娴静端庄。　③**蹙**：刺绣。　④**翠微匎叶**：用翡翠做的匎彩叶。匎彩是古代妇女的一种发饰。**鬓唇**：发边。　⑤**珠压腰衱**：缀着珍珠的裙腰带。**稳称身**：匀称的身材。　⑥**就中**：其中。**云幕**：绘着云彩的帷幕。**椒房亲**：指杨贵妃的三个姐姐。椒房是后妃的宫室，此指代杨贵妃。**"赐名"句**：天宝七年（748），唐玄宗封杨贵妃的大姊为韩国夫人，三姊为虢国夫人，八姊为秦国夫人，故称。　⑦**水精**：即水晶。**行**：传递。**素鳞**：指白色的鱼。　⑧**犀箸**：用犀牛角制成的筷子。**厌饫**：吃腻了。**鸾刀**：有铃

的刀。**空纷纶**：白忙了一阵。　**⑨黄门**：宦官。**鞚**：马的勒头，借指马。**不动尘**：谓马行轻快，尘土不起。**八珍**：泛指珍奇的食品。　**⑩哀吟**：形容乐声缠绵宛转。**宾从**：宾客和随从。**杂遝**：乱而多的样子。**实要津**：塞满了道路。　**⑪后来鞍马**：骑马晚来的人。**逡巡**：从容的样子。**锦茵**：锦制的地毯。　**⑫"杨花"二句**：暗刺杨国忠与虢国夫人的暧昧关系。北魏胡太后与杨白花私通，作《杨白花歌》，中有句云"杨白花，飘荡落南家""愿衔杨花入窠里"。雪落，如雪般飘落。青鸟，神话传说中西王母的使者，常用作指男女间的信使。红巾，妇女用的红帕。　**⑬丞相**：指杨国忠。**嗔**：发怒。

杜甫

丽人行

　　本诗作于天宝十二年（753），正是杨氏一门势倾天下之时。诗人采取极力铺陈的手法，用夸张的笔触，深刻揭露和嘲讽了杨氏兄妹的骄横气势和荒淫无耻的生活，尖锐抨击了唐玄宗统治后期的政治腐败。全诗语言清丽，寓庄于谐，十分含蓄。清人浦起龙评道："无一刺讥语，描摹处语语刺讥；无一慨叹声，点逗处声声慨叹。"（《读杜心解》）《唐诗选脉会通评林》则云："起结中情，铺叙得体，气脉调畅，的从古乐府摹出，另成老杜乐府。"

少陵野老吞声哭，春日潜行曲江曲。①

江头宫殿锁千门，细柳新蒲为谁绿？

忆昔霓旌下南苑，苑中万物生颜色。②

昭阳殿里第一人，同辇随君侍君侧。③

辇前才人带弓箭，白马嚼啮黄金勒。④

翻身向天仰射云，一笑正坠双飞翼。

明眸皓齿今何在？血污游魂归不得。⑤

清渭东流剑阁深，去住彼此无消息。⑥

人生有情泪沾臆，江草江花岂终极？⑦

黄昏胡骑尘满城，欲往城南望城北。⑧

哀江头

杜甫

①**少陵野老**：杜甫自称。少陵是汉宣帝许皇后的陵墓，地在今陕西西安南，附近有宣帝杜陵。杜甫曾在此一带居住，故自号少陵野老、杜陵布衣。**吞声哭**：不敢出声哭。**曲江曲**：曲江边曲折偏僻的地方。 ②**霓旌**：帝、后仪仗中的一种彩旗。**南苑**：即芙蓉苑。在曲江东南，故名。**颜色**：光彩。 ③**"昭阳殿"句**：指杨贵妃。昭阳殿是汉宫殿名，为汉成帝宠妃赵飞燕姊妹所居。**辇**：帝王坐的车子。 ④**才人**：宫中女官名。**啮**：咬。**勒**：马衔的嚼口。 ⑤**明眸皓齿**：借指美人。此指杨贵妃。**血污游魂**：指杨贵妃缢死马嵬驿事。 ⑥**清渭**：指杨贵妃死处。马嵬驿在今陕西兴平西，地近渭水。**剑阁**：古栈道名，在今四川剑阁境内。唐玄宗入蜀时曾在此停驻。⑦**臆**：胸。**终极**：穷尽。 ⑧**胡骑**：指安禄山的军队。**"欲往"句**：意谓忧愤不已，懵懵懂懂走反了方向。

本篇作于至德二年（757）春，时诗人为安禄山叛军所执，身陷长安，过着极端苦闷抑郁的生活。诗中通过昔盛今衰的对比，抒发了诗人对国势衰败、战乱不息的沉痛之情。对造成国家动乱的祸首唐玄宗和杨贵妃，诗人既谴责了他们的荒淫误国，又对其悲剧性的下场表示了同情。全诗风格沉郁悲凉，语意婉转含蓄，转折处不露痕迹。宋人张戒谓本诗之凝炼，远过于《长恨歌》。《杜诗镜铨》云："苦音绝调，千古魂消。"

杜 甫

哀江头

杜甫

哀王孙

长安城头头白乌，夜飞延秋门上呼。①

又向人家啄大屋，屋底达官走避胡。②

金鞭折断九马死，骨肉不得同驰驱。③

腰下宝玦^{jué}青珊瑚，可怜王孙泣路隅^{yú}。④

问之不肯道姓名，但道困苦乞为奴。

已经百日窜荆棘，身上无有完肌肤。

高帝子孙尽隆准，龙种自与常人殊。⑤

豺狼在邑龙在野，王孙善保千金躯。⑥

不敢长语临交衢^{qú}，且为王孙立斯须。⑦

昨夜东风吹血腥，东来橐^{tuó}驼满旧都。⑧

朔方健儿好身手，昔何勇锐今何愚！⑨

窃闻天子已传位，圣德北服南单于^{chán}。⑩

花门剺^{lí}面请雪耻，慎勿出口他人狙^{jū}。⑪

哀哉王孙慎勿疏，五陵佳气无时无。⑫

①**头白乌**：即白头乌，传说是一种不祥之鸟。**延秋门**：长安宫苑西门。　②**屋底**：屋里。**胡**：指安史叛军。　③**"金鞭"二句**：写唐玄宗抛弃骨肉、仓皇西逃的情景。④**玦**：有缺口的环形玉佩。**王孙**：皇家子孙。**路隅**：路边角落里。　⑤**高帝**：指汉高祖。此处借汉喻唐。**隆准**：高鼻子。**龙种**：帝王的子孙。**殊**：不同。　⑥**豺狼**：指安禄山。**龙**：指唐玄宗。　⑦**交衢**：交通大道。**斯须**：片刻。　⑧**"东来"句**：

指叛军用骆驼运送长安城劫掠的财物往范阳事。橐驼，即骆驼。　⑨**朔方健儿**：指哥舒翰统领的朔方军。　⑩**南单于**：指回纥。　⑪**花门**：即花门山堡，在今甘肃张掖境内，为回纥辖地。此借指回纥。**劈面**：古代一些少数民族的习俗，以刀割面流血表示忠诚。**"慎勿"句**：谓要谨防走漏消息，以免为贼人耳目所窥伺。狙，窥伺。⑫**五陵**：即唐高祖献陵、太宗昭陵、高宗乾陵、中宗定陵、睿宗桥陵，合称五陵。**佳气**：兴旺之气。

哀王孙

唐至德元年（756），安禄山叛军攻陷潼关，唐玄宗仓皇西逃，后宫妃嫔及皇族宗室多有不及随行者。叛军占领长安后，大肆屠戮，到处捕杀皇族宗室。诗人时身陷长安，亲眼目睹种种惨状，有感而作此篇。诗中在写同情和关怀王孙时，口吻真实而亲切；写长安城中的恐怖气氛时，笔触微妙而含蓄。诗表达了诗人对国家安定统一的渴望，体现了诗人浓厚的正统忠君思想。通篇一韵到底，音节悲凉，语言凝炼，语意曲折含蓄，收放自如。《唐诗快》云："古致错落，硼硼㵑㵑。屡唤王孙，一唤一哀，几于泣涕如雨矣。"

李隆基

经鲁祭孔子而叹之

夫子何为者？栖^{xī}栖一代中。①

地犹鄹^{zōu}氏邑，宅即鲁王宫。②

叹凤嗟身否^{pǐ}，伤麟怨道穷。③

今看两楹^{yíng}奠，当与梦时同。④

①**夫子**：指孔子。**栖栖**：忙碌不安的样子。《论语·宪问》："丘何为是栖栖者欤？" ②**鄹氏邑**：即孔子的故乡鄹邑。**鲁王**：指西汉宗室鲁恭王刘余。《汉书·鲁恭王传》："恭王初好治宫室，坏孔子旧宅以广其宫。" ③**叹凤**：《论语·子罕》："子曰：'凤鸟不至，河不出图，吾已矣夫！'"相传凤凰出，河图现，是天下太平的象征。孔子借此抒发自己生不逢时的感慨。**否**：困窘，命运不佳。**"伤麟"句**：相传鲁哀公执政时，有人猎获了一头麒麟，孔子认为"麟出而死，吾道穷矣"，为自己的政治主张不被统治者采纳而伤感不已。事见《史记·孔子世家》。穷，困窘不通。 ④**两楹奠**：语出《礼记·檀弓上》："夫子曰：'余畴昔之夜，梦坐奠于两楹之间。夫明王不兴，而天下其孰能宗余？余殆将死也！'盖寝疾七日而殁。"楹，堂屋前的柱子。奠，祭奠。

本诗为唐开元十三年（725）唐玄宗封禅泰山后，途经曲阜祭奠孔子时所作。诗中高度概括了孔子的一生，抒发了作者深沉的感喟。全诗以"叹"立意，既慨叹孔子生前的不幸遭遇，又赞叹他对后世的深远影响。全诗结构谨严，章法细密。清人沈德潜谓此诗"雄健有力，开盛唐一代先声"（《唐诗别裁集》）。

李隆基（685—762）即唐玄宗，一称唐明皇，唐睿宗第三子。在位四十五年，前期励精图治，使唐王朝进入了一个全盛时期，史称『开元盛世』；后期沉湎声色，宠信权相李林甫、杨国忠等，导致了『安史之乱』的爆发。唐肃宗即位后，郁郁而终。他多才多艺，精通音律，善书法，工诗能文。诗作往往充溢着雍容闲雅的气息。《全唐诗》存诗一卷。

海上生明月，天涯共此时。①

情人怨遥夜，竟夕起相思。②

灭烛怜光满，披衣觉露滋。③

不堪盈手赠，还寝梦佳期。④

张九龄

望月怀远

①**天涯**：极远的地方。 ②**情人**：有情之人。**遥夜**：长夜。**竟夕**：整晚。 ③**露滋**：指夜色已深，露水沾湿了衣服。 ④**不堪**：不能。**盈手**：双手满捧。**寝**：卧室。**梦佳期**：梦中与亲人相会。

这首诗是张九龄的代表作，也是唐诗中的名作之一。诗抒写了对远人的深切怀念。首联"海上生明月，天涯共此时"两句，境界阔大，意绪深挚，是历代传诵的名句。中间两联细腻入微地描绘思念时的种种情状，却始终围绕着"望月"加以生发，体贴委婉中见出情致。尾联复生奇想，意欲以月光赠人，似不合理，却正显有情。所谓景中有情，情中有景，在这里得到了充分的体现。《增定评注唐诗正声》云："清浑不著，又不佻薄，较杜审言《望月》更有余味。"

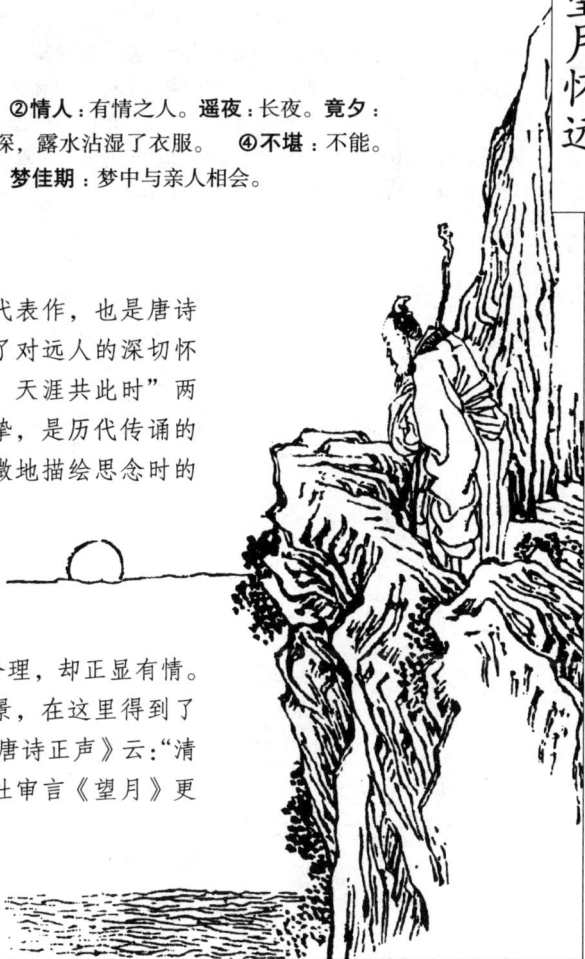

城阙辅三秦，风烟望五津。^①

与君离别意，同是宦（huàn）游人。^②

海内存知己，天涯若比邻。^③

无为在歧（qí）路，儿女共沾巾。^④

王勃

杜少府之任蜀州

①**城阙**：指长安。**辅三秦**：以三秦为辅，意思是在秦地的中枢地带。项羽灭秦后，将秦地分为雍、塞、翟三国，故称"三秦"。**风烟**：指自然景物。**五津**：代指蜀地。唐代蜀州境内的一段岷江，有五个大渡口。②**宦游人**：在外做官的人。③**"海内"二句**：化用曹植《赠白马王彪》篇中"丈夫志四海，万里犹比邻"两句诗意。海内，天下。比邻，近邻。④**"无为"二句**：意谓不要在分别时哭哭啼啼地作儿女之态。沾巾，泪湿佩巾。

这是一首历代传唱不衰的送别诗，为诗人在长安仕宦时所作，送别的对象是即将赴任通义（今四川眉山）县尉的杜审言。诗歌摆脱了寻常送别诗那缠绵悱恻的风格，以旷达豪宕的笔调，抒发了诗人对朋友的真挚的友情。其中"海内存知己，天涯若比邻"一联，用凝炼工整的语言，表达出深微的哲理和诗人广阔的胸襟、高尚的志趣，可称千古名句。《唐诗广选》云："终篇不着景物而气骨苍然，实启盛、中妙境。"

王勃（650 或 649—676），字子安，绛州龙门（今山西河津）人。出身望族，祖父王通为隋末大儒。十五岁应制科，授朝散郎。入沛王府任修撰，因戏作《檄英王鸡》文，触怒高宗，被斥逐出府。后任虢州参军，因罪革职。二十七岁时渡海探望任交趾令的父亲，溺水惊悸而死。他是"初唐四杰"之一，诗歌清新秀丽，质朴自然，多抒发个人情志，对革除齐梁浮艳之风、促进唐诗的健康发展作出了有力的贡献。有《王子安集》。

余禁所禁垣西①，是法厅事也②，有古槐数株焉。虽生意可知③，同殷仲文之古树④；而听讼斯在，即周召伯之甘棠⑤。每至夕照低阴，秋蝉疏引⑥，发声幽息⑦，有切尝闻⑧。岂人心异于曩时⑨，将虫响悲于前听⑩？嗟乎！声以动容⑪，德以象贤⑫。故洁其身也，禀君子达人之高行⑬；蜕其皮也，有仙都羽化之灵姿⑭。候时而来，顺阴阳之数⑮；应节为变⑯，审藏用之机⑰。有目斯开⑱，不以道昏而昧其视⑲；有翼自薄，不以俗厚而易其真。吟乔树之微风⑳，韵姿天纵㉑；饮高秋之坠露㉒，清畏人知㉓。仆失路艰虞㉔，遭时徽纆㉕，不哀伤而自怨，未摇落而先衰㉖。闻蟪蛄之流声㉗，悟平反之已奏㉘；见螳螂之抱影㉙，怯危机之未安。感而缀诗㉚，贻诸知己㉛。庶情沿物应㉜，哀弱羽之飘零；道寄人知，悯余声之寂寞。非谓文墨㉝，取代幽忧云尔㉞。

西陆蝉声唱，南冠客思侵。㉟
那堪玄鬓影，来对白头吟。㊱
露重飞难进，风多响易沉。㊲
无人信高洁，谁为表予心？

①禁所：拘禁的地方。禁垣：宫墙。　②法厅事：一作"法曹厅事"，法官审理案件的官署。厅事，官署。　③生意：生机。　④殷仲文之古树：《晋书·殷仲文传》载，东晋殷仲文见大司马桓温府中老槐树，叹曰："此树婆娑，无复生意。"这里作者借古槐自喻，说明自己虽有生意，但郁郁不得志。　⑤"而听讼"二句：借用周代召伯听讼的典故。相传召伯巡行时，为了听讼而不烦劳百姓，就在甘棠树下断案。听讼，处理案件。　⑥疏引：鸣唱。　⑦幽息：深沉

骆宾王（约638—?），字观光，婺州义乌（今属浙江）人。少负才名。初为道王李元庆府属，后任长安主簿，因故下狱，获释后任临海丞。徐敬业起兵讨伐武则天，骆宾王代他作《讨武曌（zhào）檄》，一时传诵。兵败后不知所终。他与王勃、杨炯、卢照邻并称"初唐四杰"。诗作结构平整，音节浏亮。有《骆宾王文集》。

的叹息。 ⑧**有切尝闻**：声音的凄切超过从前听到的。切，凄切。 ⑨**曩时**：从前。 ⑩**将**：或者是。 ⑪**声以动容**：谓蝉的鸣声足以令人感动。 ⑫**德以象贤**：谓蝉的操行足以和贤哲相比。 ⑬**禀**：承受。 ⑭**仙都**：神仙聚集的地方。**羽化**：道家称成仙为羽化。 ⑮**数**：规律。 ⑯**节**：季节。 ⑰**审**：洞察。**藏用**：进退出处。《论语·述而》："用之则行，舍之则藏。"**机**：事物的奥秘。 ⑱**有目斯开**：指蝉的眼睛总是张开着。 ⑲**昧**：目不明。 ⑳**乔树**：高大的树木。 ㉑**天纵**：天所赐予。 ㉒**高秋**：深秋。 ㉓**清畏人知**：不愿意他人知道自己清廉的操守。《晋书·良吏·胡威传》载，晋武帝颇看重荆州刺史胡质的清廉，曾问胡质的儿子胡威说："卿孰与父清？"胡威回答道："臣不如也。臣父清恐人知，臣清恐人不知。" ㉔**仆**：对自己的谦称。**失路艰虞**：迷失了道路，处于艰难忧愁的困境中。 ㉕**徽缰**：原指捆绑罪犯的绳索，这里代指囚禁。 ㉖**未摇落而先衰**：谓自己年纪不大就先衰老了。宋玉《九辩》："悲哉！秋之为气也，萧瑟兮草木摇落而变衰。" ㉗**螗蚪**：蝉的一种。这里泛指蝉。**流声**：圆润婉转的鸣叫声。 ㉘**平反之已奏**：相传汉隽不疑为京兆尹时，其母十分关切他审案时给无辜的囚徒平反的事情，每次听到隽不疑说"平反已奏"，就非常高兴。 ㉙**螳螂之抱影**：谓螳螂见到蝉的身影后欲捕获之。 ㉚**缀诗**：作诗。 ㉛**贻**：赠送。 ㉜**庶**：表示希望的副词。**情沿物应**：自己的苦衷能由蝉而被人所知。沿，缘，由于。物，指蝉。 ㉝**文墨**：文辞。 ㉞**"取代"句**：谓不过用以抒发深切的忧思罢了。幽忧，深沉的忧郁。 ㉟**西陆**：指秋天。司马彪《续汉书》："日行西陆谓之秋。"**南冠**：指囚徒。《左传·成公九年》："晋侯观于军府，见钟仪，问之曰：'南冠而系者谁也？'有司对曰：'郑人所献楚囚也。'"**客思**：在他乡思念故乡的情绪。**侵**：一作"深"。 ㊱**堪**：承受。**玄鬓**：黑发。喻指蝉。 ㊲**沉**：低沉。

　　本诗作于唐高宗仪凤三年（678）秋，当时诗人因上疏忤武后，遭诬下狱。诗中通过咏蝉，抒发了诗人品性高洁却无罪被诬身陷囹圄的郁愤，和对人世不平的哀怨，同时也表达了希望有人能为自己辨明无辜、昭雪沉冤的心声。诗人以蝉声起兴，又以蝉自喻，借哀蝉以自哀，把蝉的品质、遭遇和自己的处境融为一体，从而使诗篇哀感沉至，凄婉动人。《唐诗选脉会通评林》云："咏物诗，此与《秋雁》篇可称绝唱。"

杜审言

独有宦（huàn）游人，偏惊物候新。①

云霞出海曙，梅柳渡江春。②

淑气催黄鸟，晴光转绿蘋（pín）。③

忽闻歌古调，归思欲沾巾。④

①宦游人：离开家乡在外做官的人。物候：景物气象。
②海曙：海上晓色。渡江春：春色由江南而至江北。③淑
气：和暖的气息。催黄鸟：催促黄莺儿啼叫。转绿蘋：使
水中的蘋转绿。④古调：指陆丞的《早春游望》诗。归思：
回乡的念头。

杜审言（约645—708），字必简，河南巩县（今巩义西南）人。杜甫的祖父。授国子监主簿、修文馆直学士。他能文工诗，与崔融、李峤、苏味道并称『文章四友』。他又与沈佺期、宋之问等诗人多有唱和。他是唐代近体诗的奠基人之一，其诗格律谨严，尤其以五律成就最高。有《杜审言诗集》。咸亨进士。历任尉、丞等职。武则天时授著作郎，转为膳部员外郎。中宗时因张易之兄弟牵连得罪，被流放峰州。不久召还，

这是一首唱和诗，原唱是晋陵（今江苏常州）陆姓县丞的《早春游望》。诗歌抒发了自己宦游江南的感慨和归思。诗中紧扣"宦游人"对季节变换格外敏感这一特点，勾画出一幅绚烂明媚的早春图。诗人通过对彩霞、梅花、垂柳、黄莺、绿蘋等极具特色的景物的描写，准确地表现出早春的神韵。全诗格律谨严，对仗工整，字锻句炼，音调铿锵，气韵沉厚。后人常把这首诗当作学习五律的楷式。《唐诗评选》云："意起笔起，意止笔止，真自苏、李得来，不更问津建安。"

闻道黄龙戍，频年不解兵。①
shū

可怜闺里月，长在汉家营。②

少妇今春意，良人昨夜情。③

谁能将旗鼓，一为取龙城？④

沈佺期

杂诗

①**黄龙戍**：即黄龙冈，在今辽宁开原北，是唐代边防要地。戍，驻兵的防所。**频年**：连年。**解兵**：罢兵，休战。②**汉家营**：汉朝的军营。实指唐朝戍所。 ③**良人**：古代妻子对丈夫的称呼。 ④**将**：统帅，指挥。**一为**：一举。**龙城**：地名，在今蒙古人民共和国境内，原是匈奴祭天的地方。这里泛指敌人的军事要地。

本诗借儿女之情，写征戍之苦，表达了诗人对无休止的战争的憎恶和对和平的渴望。诗以明月关合汉家营中的良人与闺中的少妇，写出两地相思之情，构思新颖，形象感人。全篇结构谨严，开合有度，转折自然，首尾相应，一气贯注，是初唐五律中的成熟之作。《沈诗评》云："古今绝响，太白'长安一片月'准此。"

沈佺期（约656—713），字云卿，相州内黄（今河南内黄西）人。上元进士。武后时累迁至给事中。中宗神龙时因张易之牵连得罪，被流放驩（huān）州。后历任起居郎、修文馆直学士、中书舍人等职，官终太子少詹事。世称『沈詹事』。工诗，尤长于律体。与宋之问齐名，并称『沈宋』。其诗作虽多应制奉和之作，但每每能心与境会，自铸佳句。今存《沈云卿集》五卷。

题大庾岭北驿

阳月南飞雁，传闻至此回。①

我行殊未已，何日复归来？②

江静潮初落，林昏瘴不开。③

明朝望乡处，应见陇头梅。④

①“阳月”二句：相传大雁南飞越冬，飞到大庾岭便停下来栖息，不再往南了。阳月，阴历十月。《尔雅》：“十月为阳。” ②殊：尚且。已：停止。 ③瘴：旧指南方林间湿热蒸郁致人疾病的气。 ④陇头梅：《荆州记》载，晋陆凯从江南寄梅花一枝给范晔，并赠诗说：“折梅逢驿使，寄与陇头人。江南无所有，聊赠一枝春。”陇，高地。

这首诗是宋之问被贬泷州，途经大庾岭时所作。诗中抒发了被贬远谪的伤感和对故乡的思念之情。首二联以鸿雁起兴，即景生情，用南飞雁的行踪映衬自己悲惨的遭遇。第三联以景托情，以江潮初落、林瘴不开的荒凉环境，烘托心情的凄苦。末联则设想明朝登岭望乡的情景，表达了对故乡的思念，并照应题中的“北驿”二字。全诗语调凄婉，格律谨严，合开有度，是初唐五律中的杰作。《唐风定》云：“凄婉欲绝。”

宋之问（约656—约713），一名少连，字延清，汾州（治今山西汾阳）人，一说虢州弘农（今河南灵宝）人。上元进士。睿宗时被贬钦州。玄宗时赐死于桂州。他与沈佺期并称为「沈宋」。作诗讲究声律、对偶和词藻，尤其以五律见长。有《宋之问集》。中宗神龙元年（705），因谄附张易之兄弟获罪，贬为泷州参军。后起为考功员外郎。

客路青山下，行舟绿水前。①

潮平两岸阔，风正一帆悬。②

海日生残夜，江春入旧年。③

乡书何处达？归雁洛阳边。④

王湾

次北固山下

①**客路**：旅途。**青山**：指北固山，在今江苏镇江。**绿水**：指长江。②**风正**：风顺。③**残夜**：将近天亮的时候。"江春"句：谓江上的春天来得很早，旧年未尽，新春就已来临。④**乡书**：家信。**达**：传送。

本篇为诗人游江南时，泊舟北固山下所作。正当江南冬尽，春意勃发，诗人在赞美江南早春秀丽景色的同时，也自然触发了淡淡乡愁。"潮平两岸阔，风正一帆悬"两句，意境宏阔，写景传神。"海日生残夜，江春入旧年"一联，捕捉住了海上日出的瞬息变化和江上春气回转的微妙特征，形象生动地表现了时序的交替和新旧的转换。全诗对仗工整，语意清新，风格壮美，体现了一种盛唐气象。《唐诗别裁集》云："江中日早，客冬立春，本寻常意，一经锤炼，便成奇绝。"

王湾，生卒年不详，洛阳（今属河南）人。先天进士。曾任荥阳主簿、洛阳尉。早年即以词翰著称，往来吴、楚之间。著述颇丰，但多亡佚不存，《全唐诗》仅存诗十首。

清晨入古寺，初日照高林。①

曲径通幽处，禅房花木深。②

山光悦鸟性，潭影空人心。③

万籁此俱寂，惟闻钟磬音。④

①**古寺**：即破山寺，一名兴福寺，在今江苏常熟虞山北麓。　②**"禅房"句**：谓禅房深藏于花木丛中。　③**山光**：即山色。**悦**：使愉悦。**潭影**：山色与天色在水潭中的投影。**空人心**：使人的心灵空寂澄澈。　④**万籁**：自然界的各种声响。

这是一首题壁诗。诗中描写了清晨游寺后禅院的观感，抒发了寄情山水的隐逸情怀。全诗构思巧妙，笔调古朴，摹物精美，兴象深微，是盛唐山水诗中的名篇。宋代欧阳修非常推崇"曲径通幽处，禅房花木深"两句，说自己"欲效其语作一联，久不可得，乃知造意者为难工也"（《唐诗纪事》）。《唐诗摘钞》则云："有右丞《香积寺》之摹写，而神情高古过之；有拾遗《奉先寺》之超悟，而意象浑融过之。"

岑参

寄左省杜拾遗

联步趋丹陛，分曹限紫微。①

晓随天仗入，暮惹御香归。②

白发悲花落，青云羡鸟飞。③

圣朝无阙事，自觉谏书稀。④

①联：同。趋：小步急走。丹陛：宫殿前红色的台阶。分曹：分别在不同的官署。限：分隔的界限。紫微：古人常以紫微星垣喻皇帝居处。此指皇帝处理政事时所居的宣政殿。　②天仗：皇帝的仪仗。惹：沾染。御香：宫殿中的香炉熏染的香气。③青云：即平步青云，仕途畅达。　④阙：通"缺"，缺失。谏书：向皇帝进谏的表章。

作者与杜甫在唐肃宗至德二年（757）至乾元元年（758）同仕于朝。作者任右补阙，属中书省；杜任左拾遗，属门下省（又称左省、左掖）。两人既是同僚，又是诗友，这首诗就是他们的唱和之作。诗歌采用曲折隐晦的笔法，寓贬于褒，描摹了空虚死板的朝官生活，抒发了白发无成的感慨，表达了对自诩圣明而实昏庸的统治者的失望之情。全诗气度雍容，对仗工整，语意含蓄，寄托深远，有言外不尽之妙。《唐诗观澜集》云："气格苍浑，词旨温远，深得古人赠言之义，直堪与少陵旗鼓相当。"

吾爱孟夫子，风流天下闻。①

红颜弃轩冕，白首卧松云。②

醉月频中圣，迷花不事君。③

高山安可仰，徒此揖清芬。④

李白

赠孟浩然

①夫子：古代对男子的尊称。风流：雍容潇洒的风姿。　②红颜：指年轻的时候。轩冕：古时卿大夫的车服。这里泛指官位爵禄。卧松云：喻指隐居不仕。　③醉月：月夜醉酒。频：屡次，多次。中圣：喝醉了酒。《三国志·魏志·徐邈传》载，尚书郎徐邈喝醉了酒，校事赵达来问事，徐邈说："中圣人。"曹操闻知大怒，欲治其罪，鲜于辅解释说："平日醉客，谓酒清者为圣人，浊者为贤人。"迷花：迷恋花草。指隐居山林。事君：侍奉皇帝，指做官。　④高山：喻指孟浩然品性高洁。《诗经·小雅·车辖》："高山仰止，景行行止。"徒：只，仅。揖：古人见面时的礼节，表示对对方的尊敬。清芬：美好的名望。

　　这首诗大致写于诗人寓居湖北安陆时期。此时他经常往来于襄、汉一带，与隐居襄阳的孟浩然结下了深厚的友谊。诗中描绘了孟浩然风流儒雅、潇洒不群的风度气质，高度赞扬了他淡泊名利的清高品格。全诗首尾呼应，浑然一体；语言萧散简远，疏朗古朴；对偶自然流走，全无板滞之病；用典融化无间，不见斧凿之痕。《唐宋诗举要》云："一气舒卷，用孟体也，而其质健豪迈，自是太白手段，孟不能及。"

李白

渡荆门送别

渡远荆门外，来从楚国游。①

山随平野尽，江入大荒流。②

月下飞天镜，云生结海楼。③

仍怜故乡水，万里送行舟。④

①荆门：山名，在今湖北宜都西北，北临长江，隔江与虎牙山对峙，地势险峻，远望如出入之门户，故名。从：向，到。楚国：春秋战国时的国名，在今长江中下游一带。　②大荒：广袤的原野地带。　③海楼：海市蜃楼。　④怜：怜爱。故乡水：此指长江。李白从小在蜀中生活，所以视流经蜀中的长江水为故乡水。

　　这首诗是诗人出蜀时所作。诗题虽然是"送别"，但诗歌的内容却与送别无关。诗中抒写了诗人离开家乡时依依惜别的深情。"山随平野尽，江入大荒流"两句，气象壮阔，是吟咏长江的千古名句。"月下飞天镜，云生结海楼"两句，构思新奇，充满浪漫主义色彩。全诗情思深挚，意境高远，形象奇伟，想象瑰丽，是李白五律的发轫之作。《唐宋诗举要》云："语言倜傥，太白本色。"

青山横北郭，白水绕东城。①

此地一为别，孤蓬万里征。②

浮云游子意，落日故人情。

挥手自兹去，萧萧班马鸣。③

李白

送友人

①**郭**：外城。 ②**蓬**：草名，枯后根断，随风飘扬。这里喻指远行的友人。 ③**兹**：此。**萧萧**：马鸣声。**班马**：离群的马。

这是一首送别诗，诗中抒写了与友人的难舍难分之情。首联对起，点明送别环境。颔联采用流水对，设想分手之后的情况。颈联以景设喻，抒写离情。尾联则进一步以马的萧萧悲鸣渲染气氛，烘托离情。全诗以俊爽的笔调抒写离别之悲，率意而为，不受拘勒，一意贯注，流走自然，充分体现了李白五律的风格特色。《唐风怀》云："倏忽万里，念此黯然销魂。"

蜀僧抱绿绮，西下峨嵋峰。①

为我一挥手，如听万壑^{hè}松。②

客心洗流水，余响入霜钟。③

不觉碧山暮，秋云暗几重。

①**绿绮**：古琴名。晋傅玄《琴赋序》："司马相如有绿绮……名器也。"这里泛指琴。**峨嵋**：山名，在今四川峨眉境内。　②**挥手**：指弹奏。嵇康《琴赋》："伯牙挥手。"**壑**：深的山谷。　③**流水**：《列子·汤问》："伯牙善鼓琴，钟子期善听。伯牙鼓琴……志在流水。钟子期曰：'善哉！洋洋兮若江河。'"这里化用这一典故。**"余响"句**：谓琴声余韵飘散四野，与秋日晚钟相应。

　　这是一首描写音乐的诗歌。起句言蜀僧抱古琴自峨嵋西来。三、四句如河出龙门，一泻千里，极写琴声之清越宏远。五、六句极言琴声之高妙，闻者如流水洗心，余响清迥，与钟声相应。末两句谓听琴心醉，不觉山暮云深。全诗语言凝炼，一气挥洒，读之如行云流水。《唐宋诗醇》云："累累如贯珠，泠泠如叩玉，斯为雅奏清音。"

听蜀僧濬弹琴

牛渚西江夜，青天无片云。①

登舟望秋月，空忆谢将军。②

余亦能高咏，斯人不可闻。③

明朝挂帆去，枫叶落纷纷。

李白

夜泊牛渚怀古

①牛渚：山名，在今安徽当涂西北，北临长江。西江：古人将江西到南京的这段长江称为西江。　②谢将军：指晋谢尚。谢尚镇守牛渚时，官左卫将军。有一次月夜泛舟江上，听到袁宏在粮船上吟诵《咏史》诗，赞赏不已。在他的推重下，袁宏后来官至东阳太守。事见《晋书·文苑传》。　③斯人：此人。指谢尚。

这是一首怀古伤今之作。诗中借牛渚月夜这一情境，将古今人事联系起来加以对比，见出古今人才相同而遭遇迥异，从而生发出怀才不遇的无限感慨。诗歌通篇单行，不拘对偶，一意贯注，自然流走，写景疏朗有致，写情含蓄不尽，用语清新秀丽，典型地体现了李白五律"逸气凌云，天然秀丽"的风格特点。《唐宋诗醇》云："青莲作近体如作古风，一气呵成，无对待之迹，有流行之乐，境地高绝。"

今夜鄜州月，闺中只独看。①

遥怜小儿女，未解忆长安。②

香雾云鬟湿，清辉玉臂寒。③

何时倚虚幌，双照泪痕干？④

杜甫

月夜

①鄜州：今陕西富县。闺中：闺中人。指作者的妻子。　②怜：爱怜。忆长安：指想念在长安的父亲。　③云鬟：原指高耸的环形发髻，此处泛指乌黑秀美的头发。清辉：清凉的月光。　④虚幌：透明轻薄的帷幔。双照：谓月光照着诗人和妻子。

唐至德元年（756）六月，安禄山叛军攻进长安，杜甫携家逃难，住在鄜州。七月，肃宗在灵武（今属宁夏）即位，杜甫只身前往投效，途中被叛军掳到长安。此诗就作于陷身长安之时。诗歌的最大特色，是写思家之情不从自己说起，而是全从对方落笔，想象家人在月光下对自己的思念。想象愈细腻，愈见诗人思念之深。"遥怜"两句插写儿女的天真无知，反衬诗人与妻子的相互思念，平地波澜，可谓神来之笔。《唐诗矩》云："题是《月夜》，诗是思家，看他只用'双照'二字，轻轻绾合，笔有神力。"

国破山河在，城春草木深。①

感时花溅泪，恨别鸟惊心。②

烽火连三月，家书抵万金。③

白头搔更短，浑欲不胜簪^{zān}。④

杜甫

春望

①国：国都，指长安。　②"感时"二句：互文见义。因为感伤时世，痛惜离别，所以见春花而落泪，听鸟鸣而惊心。　③烽火：指战争。三月：三个月。指整个春天。家书：家信。　④浑：简直。不胜簪：无法插住簪子。簪，古代男子束发用的针形饰物。

这首诗是唐肃宗至德二年（757）三月诗人身陷长安时所作。当时的长安惨遭劫掠，满目疮痍，诗人即景生情，抒写了对国事的深沉感慨以及对家人的思念之情。全诗对仗工整，情景交融，情思深切，语调沉痛，字字沉着，意境直似《离骚》。《唐诗三百首注疏》云："无一毫做作，而自然深。"

杜甫

春宿左省

花隐掖垣暮，啾啾栖鸟过。 ①

星临万户动，月傍九霄多。 ②

不寝听金钥，因风想玉珂。 ③

明朝有封事，数问夜如何。 ④

①掖垣：宫墙。啾啾：象声词，鸟鸣声。栖鸟：归巢的鸟儿。　②万户：指重重宫门。九霄：九重天，天上最高处。这里指皇宫。　③金钥：指开宫门的钥匙声。玉珂：指玉石做的马铃。珂，像玉的石头。　④封事：为防泄密，封在黑袋子中上给皇帝的密奏。这里泛指奏章。数：屡次。夜如何：谓夜有多深了。

唐至德二年（757）四月，杜甫逃出长安到凤翔投奔肃宗，被任命为左拾遗。左拾遗属门下省。门下省在宫城之南，临近左掖门，因此又称左省、左掖。这首诗就是乾元元年（758）春诗人在门下省值夜时所作。诗中通过对夜值情景的描写，表达了诗人忠勤为国的心意。诗歌写得平正妥帖，带有某些应制诗的色彩。其中"星临万户动，月傍九霄多"一联，写景真切华贵，颇受后人称道。《唐诗选脉会通评林》云："正大冠冕，近臣规度。"

此道昔归顺，西郊胡正繁。①

至今犹破胆，应有未招魂。②

近侍归京邑，移官岂至尊？③

无才日衰老，驻马望千门。④

①昔归顺：指至德二载（757），诗人逃离长安，抄小路至凤翔投奔肃宗事。胡：此指安禄山叛军。繁：多。　②破胆：丧胆，形容害怕。　③近侍：皇帝左右的侍从官。这里指时任左拾遗的作者自己。京邑：指长安。移官：指由左拾遗调任华州司功参军。岂至尊：谓岂是皇上之意。　④千门：重重宫门。代指皇宫。

这首诗作于唐乾元元年（758）六月。当时杜甫由左拾遗贬为华州司功参军，出京师金光门而去，终生没有再还长安。诗前四句是对往近国事纷乱的感慨，笔墨淋漓，满纸萧条。后四句则由思昔转而抚今，意绪顿生多重，既有对自己无辜遭贬的悲愤与忧伤，也有因年老离京，报国失路的痛苦与彷徨，结尾更点出自己的依依不舍之情。诗人的忠君爱国之心，在这种复杂矛盾的心态中也已经呼之欲出了。全诗叙事抒情融合无间，意境浑成，较能代表杜甫诗歌的风格。《唐宋诗醇》云："词意婉曲，昔之忠款、今之眷恋皆见。怨而不怒，忠厚之道。"

杜甫

至德二载，甫自京金光门出，间道归凤翔。乾元初，从拾遗移华州掾，与亲故别，因出此门，有悲往事

shù

戍鼓断人行，边秋一雁声。①

露从今夜白，月是故乡明。②

有弟皆分散，无家问死生。

寄书长不达，况乃未休兵。③

①戍鼓：戍楼上的鼓声，用来报警或报更。**断人行**：戍鼓敲响后禁止人出外行走活动。**边秋**：边塞的秋天。　②"露从"句：谓今天是白露节。　③书：信。况乃：何况是。

乾元二年（759）九月，安史叛军攻陷汴州，洛阳、河南、山东一带处于兵荒马乱之中。当时诗人正在秦川，而三个弟弟却东分西散，音信杳然。于是在白露节的晚上，诗人写下了这首诗。诗中前四句写月夜的所闻、所见、所感、所想，后四句直抒对兄弟们的怀念之情。其中"露从今夜白，月是故乡明"两句，变寻常叙述为情语，真切地烘托出诗人的思乡忧时之情，历代传诵不衰。全诗层次井然，结构严谨，首尾照应，承转圆熟。《唐诗选脉会通评林》云："征战不已，道路阻隔，音书杳漠，存亡难保，伤心断肠之语，令人读不能终篇。"

杜甫

月夜忆舍弟

凉风起天末，君子意如何？①

鸿雁几时到，江湖秋水多。②

文章憎命达，魑魅喜人过。③
chī mèi

应共冤魂语，投诗赠汨罗。④
mì

①**君子**：指李白。　②**鸿雁**：信使的代称。**"江湖"句**：谓秋天江湖水涨。
③**"文章"句**：谓有文才的人，老天总是憎恨他命运通达。**"魑魅"句**：谓魑魅总是喜欢有人经过，以便吞食。魑魅是传说中的山精水怪。　④**冤魂**：喻指当时李白无辜遭流放。**汨罗**：江名，在今湖南东北部。相传屈原在此江投水而死。

本篇是杜甫在乾元二年（759）秋流寓秦州（今甘肃天水）时所作。当时李白被流放夜郎，中途遇赦，但杜甫不知李白遇赦的消息，故有此作。诗中抒写了对李白真切的怀念之情以及对其不幸遭遇的深深同情。诗歌托秋感兴，前二联连用设问语句，末联悬揣友人行踪，自我作答，曲尽怀想之情。颈联二句从李白的流徙引出对命运的感慨，是全篇中的警策句。全诗风格沉郁，语调悲愤，语意低回婉转，是古代抒情名篇之一。《唐宋诗醇》云："悲歌慷慨，一气舒卷，李杜交好，其诗特地精神。"

杜甫　天末怀李白

奉济驿重送严公四韵

远送从此别，青山空复情。 ①

几时杯重把，昨夜月同行。 ②

列郡讴歌惜，三朝出入荣。 ③

江村独归去，寂寞养残生。 ④

①**空复情**：空自多情。 ②**月同行**：月下同行。 ③**列郡**：指严武治下的剑南诸郡。**讴歌**：歌颂。**惜**：指惋惜严武的离任。"**三朝**"**句**：指严武历仕玄宗、肃宗、代宗三朝，无论是任朝官还是地方官，都是身居高位，声名赫赫。 ④**江村**：指诗人自己居住的成都浣花草堂。

  这是一首赠别诗，作于代宗宝应元年（762）。时任剑南节度使的杜甫友人严武奉召回京，杜甫从成都一直送到绵州的奉阳驿，分手时作此诗。作此诗前，杜甫已作有《奉送严公入朝十韵》《送严侍郎到绵州同登杜使君江楼宴》二诗，所以称这首诗为"重送"。诗中诗人对给自己很大帮助的友人，充满了感激和依恋之情。其中"江村"一联，想象自己独归后的生活，看似絮语，实际上正是在这种细腻的刻画中将诗人的依依惜别之意最为充分地表现了出来，令人一唱三叹，为之感慨不已。《唐宋诗醇》云："一往情深，足见严杜交谊。"

杜甫

别房太尉墓

他乡复行役，驻马别孤坟。①

近泪无干土，低空有断云。②

对棋陪谢傅，把剑觅徐君。③

唯见林花落，莺啼送客闻。

①复行役：一再奔波忙碌。　②断云：一片片不连缀的云彩。　③"对棋"句：据《晋书·谢安传》载，谢安官至太傅，爱下围棋，死后赠太尉。这里是把房琯比作谢安。"把剑"句：据《史记·吴太伯世家》载，春秋时吴人季札到晋国去，路过徐国，知道徐国国君喜爱他的宝剑。等他回来时，徐君已死，于是解剑挂在坟前树上而去。这里诗人以季札自比，而把房琯比作徐君，表明自己不忘房琯知遇之恩。

杜甫和房琯是布衣之交。唐代宗广德元年（763）房琯卒于阆州（今四川阆中），赠太尉。广德二年（764），杜甫在离开阆州赴成都之前，到房琯墓前吊唁，写下了这首诗。诗中前四句写坟前哀悼之意，后四句写临别留连之情，用事典切，情景交融。其中"近泪无干土，低空有断云"二句，千锤百炼，是钟情苦语，凄绝之至。《唐宋诗醇》云："有'叹息此人去，萧条天地空'之感。"

细草微风岸，危樯独夜舟。^①

星垂平野阔，月涌大江流。

名岂文章著，官应老病休。^②

飘飘何所似？天地一沙鸥。^③

①危樯：高高的船桅。 ②"官应"句："老病应休官"的倒文。 ③飘飘：生活不安定的样子。

唐代宗永泰元年（765）夏，杜甫携家离开成都，顺流东下，途经渝州（今重庆）、忠州（今重庆忠县）时，写下了这首著名的诗篇。诗中借景抒情，通过对"旅夜"时所见景物的描写，抒发了飘泊无依的感伤和怀才不遇的愤慨。其中"星垂"二句，写景雄浑阔大，气象壮远，更反衬出诗人孤苦伶仃的形象，历来为人所称道。全诗章法严整，情景互生，语意愁苦，感人至深。《诗薮》云："'山随平野尽，江入大荒流'，太白壮语也；杜'星垂平野阔，月涌大江流'，骨力过之。"

昔闻洞庭水，今上岳阳楼。①

吴楚东南坼，乾坤日夜浮。②
chè

亲朋无一字，老病有孤舟。③

戎马关山北，凭轩涕泗流。④
sì

杜甫

登岳阳楼

①**岳阳楼**：在今湖南岳阳境内，唐时张说所筑，下临洞庭湖，为登览胜地。
②**吴楚**：本是秦以前两古国名。吴在今江苏、浙江一带。楚在今湖南、湖北、江西一带。**坼**：分裂。**乾坤**：这里指日月。　③**字**：文字。指书信。**"老病"句**：指自己晚年离开蜀地后，一直未曾定居，全家寄身船上，四处漂泊。　④**戎马**：指战争。**凭轩**：靠着窗子。**涕泗**：眼泪。

　　唐代宗大历三年（768）冬，杜甫一家顺长江而下，抵达岳州（今湖南岳阳）。这首诗就是诗人登岳阳楼时所作。诗的前二联点题写景，后二联写登楼览胜后的感慨。那烟波浩淼的湖水，汗漫无边，似乎把吴楚两地分隔，仿佛天地日月都随之荡漾。而国仇家恨浩浩而来，又与这浑灏水势混而为一。诗歌气象恢宏，涵蓄深远，与孟浩然的《临洞庭上张丞相》一诗同为吟咏洞庭湖的千古绝唱。方回《瀛奎律髓》评道："岳阳楼天下壮观，孟杜二诗尽之矣。"《杜诗镜铨》云："元气浑沦，不可凑泊，高立云霄，纵怀身世。写洞庭只两句，雄跨今古。"

寒山转苍翠，秋水日潺湲。①

倚杖柴门外，临风听暮蝉。②

渡头余落日，墟里上孤烟。③

复值接舆醉，狂歌五柳前。④

①潺湲：水流声。　②杖：手杖。　③渡头：渡口。墟里：村落，村庄。　④值：遇到。接舆：春秋时楚国的隐士陆通，字接舆。这里借指裴迪。五柳：晋陶渊明在隐居的住所旁种植了五棵柳树，自号五柳先生。这里借指作者自己的别墅。

王维

辋川闲居赠裴秀才迪

辋川是河流名，在今陕西蓝田境内。河畔有唐初宋之问蓝田别墅，后为王维所得，晚年隐居于此。这首诗通过对辋川景色的描绘，抒写了诗人幽居山林、飘然物外的高雅情趣。那潺潺的河水，苍翠的寒山，渡口的落日，墟里的炊烟，还有潇洒安逸的诗人，疏狂不羁的裴迪，构成了一副和谐静谧的山水田园风景画。全诗即景生情，气象阔大，语意直率古淡，自然流转，神韵悠然。《闻鹤轩初盛唐近体读本》云："淡逸清高，自然绝俗。"

空山新雨后，天气晚来秋。①

明月松间照，清泉石上流。

竹喧归浣女，莲动下渔舟。②
_{huàn}

随意春芳歇，王孙自可留。③

①山：指终南山，在今陕西西安南。新雨：刚刚下了雨。气：自然界的节候。晚来：傍晚。秋：指呈现出秋天的种种特色。　②竹喧：竹林里传来喧闹声。浣女：洗衣服的女子。　③随意：任随。春芳：春天的花草。歇：消逝。"王孙"句：反用《楚辞·招隐士》"王孙兮归来，山中兮不可以久留"句意，谓山中自可久留。王孙，原指贵族子弟，此为作者自称。

　　这是一首山水诗，描绘了秋天傍晚一场秋雨过后的山间景色，并藉以表达诗人宁愿隐居山中，洁身自好，不苟同流俗的高雅情趣。诗歌写景纯用白描手法，轻描淡写，笔触简约。尤其是中间两联的景物描写，动静相衬，视听结合，把清新动人的幽山静景摹画得生机盎然，诗情画意浑然相融。正如苏轼所谓："味摩诘之诗，诗中有画。"（《东坡诗话补遗》）《唐诗解》则云："雅兴淡中有致趣。"

清川带长薄，车马去闲闲。①

流水如有意，暮禽相与还。②

荒城临古渡，落日满秋山。

迢递嵩高下，归来且闭关。③

王维

归嵩山作

①清川：清澈的河水。带：映带。薄：草木茂盛的地方。闲闲：悠闲自得的样子。
②如：好像。　③迢递：遥远的样子。嵩：即中岳嵩山，五岳之一，在今河南登封境内。
高下：山势高低不平的样子。闭关：关门。也有闭门谢客的意思。

　　这首诗写作者返回隐居处途中的所见所感。清澈的河流沿岸草木丛丛，晚归的车马缓缓前行，潺潺的流水似乎有意与诗人作伴，薄暮的归鸟也一起飞鸣，还有那荒城古渡，落日余晖，构成了一副季节、时间、地点特征鲜明而又极富色彩的暮色图。随着诗人笔触的移动，不仅层次井然地写出了景色的转换，更体现了诗人情感心理的细微变化。其间既有对闲适生活的向往，也不乏激流勇退的无可奈何之感，而最终则归于回山后的冲淡平和。《瀛奎律髓》云："闲适之趣，澹泊之味，不求工而未尝不工者，此诗是也。"

太乙近天都，连山到海隅。①

白云回望合，青霭入看无。②

分野中峰变，阴晴众壑殊。③

欲投人处宿，隔水问樵夫。④

王维

终南山

①太乙：山名，在长安西面，今陕西武功境内，是终南山的主峰。天都：天帝居住的地方。连山：山势绵延。海隅：海角，海边。②青霭：映衬着淡青山色的雾气。入看：走过去仔细看。③"分野"句：谓山的东西两面属于不同的分野。分野，古代天文学名词。古人把天上的星宿和地上的区域联系起来，一一对应，称为分野。中峰，指太乙峰。"阴晴"句：谓千岩万壑间，天气的阴晴也不一样。壑，深的山谷。殊，异，不同。④人处：人家，有人居住的地方。樵夫：打柴的人。

这首诗写终南山的宏伟气象。首联总写山峰的高耸与山势的绵亘。中间二联从青霭、分野、阴晴的差异变化着笔，由远及近，从低到高，写出了终南山的辽阔高峻、云雾迷蒙以及高、低、远、近的千山万壑的奇妙姿态。末联抒写了诗人的留恋之情，为壮阔的山景平添了几分幽趣。诗人在把握和表现景物时，善于从各个角度、多个层面来突出自己的印象和感受，并以凝炼的语言付之笔端，从而做到了"诗中有画，画中有诗"。《而庵说唐诗》云："是诗如在开辟之初，笔有鸿蒙之气，奇观大观也。"

晚年惟好静，万事不关心。

自顾无长策，空知返旧林。①

松风吹解带，山月照弹琴。②

君问穷通理，渔歌入浦深。③

酬张少府

①**自顾**：自己反思。**长策**：好的策略。**空**：只，仅。**返旧林**：回到故居，指隐居。②**解带**：宽松系着的衣带。**弹琴**：即琴。 ③**穷通**：窘困与通达。**浦**：小河流入河海的入口处。

　　诗人晚年政治上渐趋消沉，尤其是在"安史之乱"后，更是过起了一种半官半隐的生活，每天一心参禅奉佛，不涉世事。这首诗就是他借赠友自述志趣之作。诗歌前二联纵笔直书宁愿归隐的志趣，其中"自顾无长策"句，隐隐含有牢骚的意味。颈联写自己归隐后的悠然自得。尾联点明题中的"酬"字，并以问答形式作结。全诗情景相生，意境相谐，末尾又以不答作答，颇有韵外之致、味外之旨。《唐贤清雅集》云："理会了彻，随口都成灵籁。"

不知香积寺，数里入云峰。①

古木无人径，深山何处钟？

泉声咽危石，日色冷青松。②

薄暮空潭曲，安禅制毒龙。③

①香积寺：故址在今陕西西安南。数里：几里路程。②咽：呜咽。危石：突出的岩石。"日色"句：谓深山林木葱郁，连照在松林中的阳光也显出寒意。③薄暮：淡淡的暮色。空：使显得空旷。潭曲：幽静曲折的潭岸。安禅：谓身心安然进入清寂宁静的境界。制：制服。毒龙：本是佛教用语，这里指机巧虚妄的念头。

王维

过香积寺

这是一首游览之作，描述了香积寺附近的景致。本诗最鲜明的艺术特色是构思奇特，章法巧妙。诗写的是香积寺，但并没有从正面写起，而是用寻幽探胜似的笔触，由远及近，依次写香积寺周围的环境，那云峰、古木、流泉、危石、青松、晚钟，无不体现着香积寺的特色。这样，诗歌就显得引人入胜，意趣盎然了。此外，诗歌用字精炼，如"咽""冷"等字，颇受后人推许。《唐诗摘钞》云："幽处见奇，老中见秀，章法、句法、字法皆极浑浑，五律无上神品。"

送梓州李使君

万壑^{hè}树参天，千山响杜鹃。①

山中一夜雨，树杪^{miǎo}百重泉。②

汉女输橦^{tóng}布，巴人讼^{sòng}芋田。③

文翁翻教授，不敢倚先贤。④

①壑：深的山谷。　②树杪：树梢。百重：许多道。　③汉女：嘉陵江古称西汉水，因称那一带的女子为"汉女"。输：缴纳。橦布：用橦树花织成的布。巴：古国名，在今川东、鄂西一带。讼：诉讼，打官司。　④文翁：西汉景帝时的蜀郡太守，见蜀地偏僻落后，于是多方培育人才，使蜀地日见开化。事见《汉书·循吏传》。这里把李使君比作文翁。翻：翻然一新。教授：教化。先贤：贤达的前辈。这里指文翁。

本篇是一首送别诗，送别的对象是即将赴任梓州（治所在今四川三台）的李姓刺史。与一般的送行诗不同的是，本诗的立意不在于惜别，而在于劝勉。诗的前四句一气相生，声调高亮，清新隽永，有天然逸趣，极为后人称道。全诗写景状物，大处重彩浓抹，气象雄阔，小处描摹入微，神韵悠然。《唐贤清雅集》云："落笔神妙，炼意工夫最深。"

楚塞三湘接，荆门九派通。①

江流天地外，山色有无中。

郡邑浮前浦，波澜动远空。②

襄阳好风日，留醉与山翁。③

①**楚塞**：指楚地的边塞。战国时湖北一带属于楚国。**三湘**：湘水上游与漓水合流后称漓湘，中游与潇水合流后称潇湘，下游与蒸水合流后称蒸湘，合称"三湘"。在今湖南境内。**接**：接壤。**门**：山名，在今湖北枝城西北，北临长江。**九派**：指长江的众多支流。　②**郡邑**：指汉江两岸的城镇。**浦**：水滨。　③**襄阳**：即今湖北襄樊汉水南襄阳旧城。**风日**：风光物候。**山翁**：指晋代山简。山简曾任征南将军，镇守襄阳，常携酒出游，喝得大醉而归。

　　这是一首著名的山水诗，系诗人在襄阳城上临汉水而眺所作。诗题一名《汉江临泛》。全诗意境雄阔，气象不凡。首联从大处落笔，总括汉江一带的地理形势。中间二联写景极具特色。诗人巧妙地运用动势来渲染磅礴的水势。那浩淼的江水，似乎漫流在天地之外；那隐约的远山，仿佛若有若无。远处的州城如悬浮在水面，汹涌的波浪亦似动荡着远空。难怪清人王世贞赞扬说："是诗家极俊语，却入画三昧。"(《弇州山人四部稿》)《增定评注唐诗正声》则云："气象涵蓄，浑浑无际，浅率者拟学不得。"

中岁颇好道，晚家南山陲。①

兴来每独往，胜事空自知。②

行到水穷处，坐看云起时。

偶然值林叟，谈笑无还期。③

王维

终南别业

①中岁：中年。道：指佛教的教义。晚：晚年。家：居住。南山：即终南山，在今陕西西安南。王维有辋川别墅在此山下。陲：边境。这里指山脚。 ②兴：兴致。胜事：令人高兴的事。空：只。 ③值：遇到。林叟：山野中的老人。无还期：回去没有一定的时间限定。

这首诗作于开元二十九年（741），诗人当时初居终南山。诗歌意在抒发自己隐居时的宁静心情以及对仕途生活的厌倦。"偶然"二字可作诗眼看。闲游出于偶然，写作本诗似乎也是偶然不经意间为之。正因为如此，虽然诗歌句句都是写景写事，但一股无可无不可的闲适之意却行云流水般从字里行间流溢出来，毫无凝滞的痕迹。其中的"行到水穷处，坐看云起时"一联，在平易浅近中寓含着丰富的哲理，尤为后人推许。《瀛奎律髓》云："右丞此诗有一唱三叹不可穷之妙。"

临洞庭上张丞相

八月湖水平，涵虚混太清。①

气蒸云梦泽，波撼岳阳城。②

欲济无舟楫，端居耻圣明。③

坐观垂钓者，徒有羡鱼情。④

①**湖水平**：指湖水与岸齐平。**涵虚**：水汽蒸腾的样子。**混**：混淆，连在一起。**太清**：天空。　②**云梦泽**：古代湖泽名。大致在今湖北南部、湖南北部一带，后来大部分淤积成为陆地。洞庭湖就处在其中。**岳阳城**：即今湖南岳阳，位于洞庭湖东。　③**济**：渡。**舟楫**：船。**端居**：闲居。**耻**：有愧于。**圣明**：即圣明之世。　④**垂钓者**：这里比喻做官的人。**羡鱼情**：羡慕别人钓到了鱼。比喻作者也希望出仕。《淮南子·说林训》："临河而羡鱼，不如归家织网。"此用其意。

唐玄宗开元二十一年（733），孟浩然西游长安，为了获得宰相张九龄的赏识和推荐，写下了这首干谒诗。诗人虽求仕心切，但诗中干谒之意表现得委婉含蓄，不落陈俗。诗中最受后人激赏的是"气蒸"二句，它传神地再现了洞庭湖雄浑壮阔的景象：那蒸腾的水汽，笼罩着云梦；鼓荡的波涛，撼动着岳阳。后人认为："洞庭天下壮观，骚人墨客题者众矣，终未若此诗颔联一语气象。"（《西清诗话》）《唐诗镜》则云："浑浑不落边际。三、四惬当，浑若天成。"

与诸子登岘山

人事有代谢，往来成古今。①

江山留胜迹，我辈复登临。②

水落鱼梁浅，天寒梦泽深。③

羊公碑尚在，读罢泪沾襟。④

①**人事**：人的离合、境遇、存亡等情况。**代谢**：更替变化。**往来**：岁月推移变迁。②**胜迹**：有名的古迹。**登临**：登高远眺。 ③**鱼梁**：襄阳鹿门山附近汉水中的沙洲名。**梦泽**：即云梦泽，古代湖泽名，大致在今湖北南部、湖南北部一带。 ④**羊公碑**：据《晋书·羊祜传》载，晋代羊祜镇守襄阳，颇有政绩，常登岘山饮酒吟诗。他死了以后，襄阳百姓在岘山上为他建碑纪念，读过碑文的人常为他的事迹所感动流泪，所以又称此碑为堕泪碑。

　　本诗为诗人隐居襄阳时游览岘山（又名岘首山，在今湖北襄樊南）时所作。诗中借晋代羊祜的典实抒发了自己沉沦不遇、遁迹山林的抑郁情怀。诗篇全从凭吊羊祜寄慨，而妙在首联即发议论，仅用十个字就包含了对古今人事代谢的无穷感慨。颔联中的"登临"二字绾合诗题与古今登临情事，照应羊祜登临本事，又隐然以古人自许。这四句凭空落笔，俯仰今古，寄慨苍凉。近人俞陛云认为："凡登临怀古之作，无能出其范围。"（《诗境浅说》）《唐风定》则云："风神兴象，空灵澹远，一味神化。"

林卧愁春尽，搴帷览物华。① *qiān*

忽逢青鸟使，邀入赤松家。②

金灶初开火，仙桃正发花。③

童颜若可驻，何惜醉流霞。④

①**林卧**：卧于林下。指隐居。**搴帷**：掀开门帘。**物华**：美好的景物。　②**青鸟使**：据《汉武故事》载，西王母曾派遣青鸟作使者邀请汉武帝相见。后世以青鸟泛指使者。这里指梅道士的使者。**赤松**：即赤松子，传说中的得道仙人。这里指梅道士。③**金灶**：又称丹灶，道家炼丹的炉灶。这里泛指炉灶。**仙桃**：《汉武故事》载："王母出桃与武帝，帝留核欲种，母曰：'此桃三千岁一实，非下土所植也。'"这里指梅道士院中的桃树。　④**童颜**：少年人红润健康的容颜。**驻**：停留，保持。**流霞**：道家仙酒名。晋葛洪《抱朴子·祛惑》："仙人但以流霞一杯与我，饮之辄不饥渴。"

　　唐王室推尊老子为先祖，因此唐代道教盛行，官吏士子与道士的交往极为普遍。本诗写的就是诗人在道士山房宴饮的经过。事情本身很普通，立意也并不深刻。然颔联"忽逢青鸟使，邀入赤松家"两句，暗用了道家典故，对仗熨帖工整，显见诗人的匠心独运。全诗格调明快，语意洒脱，不失为唐诗中的佳作。《闻鹤轩初盛唐近体读本》云："孟公五律，笔洁气逸，为品最高。"

北阙休上书，南山归敝庐。①

不才明主弃，多病故人疏。②

白发催年老，青阳逼岁除。③

永怀愁不寐，松月夜窗虚。④

①**北阙**：皇宫北门前供瞭望的城楼。这里借指皇宫。**上书**：向皇帝进奏表章。**南山**：指岘山，在作者的家乡襄阳（今湖北襄樊）境内。**敝庐**：破旧的房子。这里指作者故居。　②**不才**：没有才能。**明主**：圣明的皇帝。**故人**：老朋友。**疏**：疏远。　③**青阳**：春天。《尔雅·释天》："春曰青阳。"**岁除**：旧的一年过去。　④**永怀**：长久地怀着。**不寐**：睡不着。**虚**：空寂。

这首诗是孟浩然在长安求仕无成后所作。诗人感慨自己的坎坷不遇，向往隐居生活，却又感到年华易逝，事业无成。这种矛盾怨悱的心理，在这首诗中充分表露了出来。看似语显意豁，实则含蕴丰富。关于这首诗，还有一桩故事流传。据王定保《唐摭言》载，孟浩然有一次被王维邀请做客，恰遇唐玄宗驾临，向孟索诗，孟浩然就诵读了这首《岁暮归南山》。玄宗听后生气地说："卿不求仕，而朕未弃卿，奈何诬我？"并命"放归南山"，孟浩然因此终身不仕。《瀛奎律髓》云："一生失意之诗，千古得意之作。"

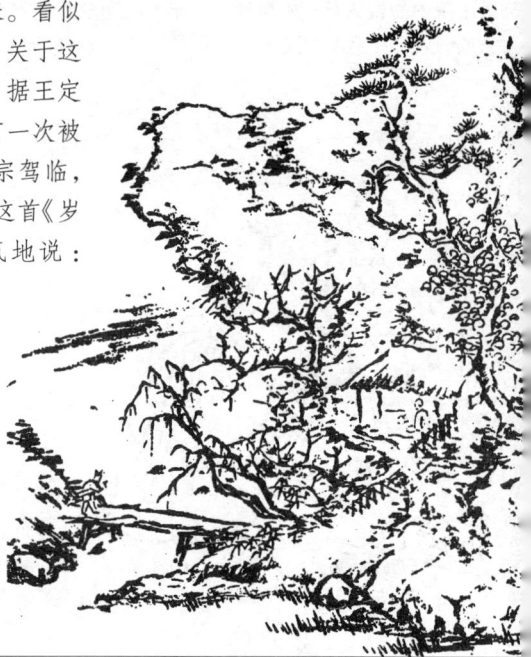

岁暮归南山

故人具鸡黍^{shǔ}，邀我至田家。①

绿树村边合，青山郭外斜。②

开轩面场圃^{pǔ}，把酒话桑麻。③

待到重阳日，还来就菊花。④

①故人：老朋友。具：准备。鸡黍：指丰盛的农家饭菜。黍，黄米饭。田家：农家。
②郭：外城。　③轩：窗户。面：对着。场圃：指田园和晒谷场。圃，种植花草、
菜蔬的园子。把：持。话桑麻：闲谈农家生活。古代常以桑麻指农事。　④重阳日：
即阴历九月九日重阳节。古人在重阳节有登高、赏菊、佩茱萸囊等习俗。就：靠近。
这里指欣赏。

这是一首著名的田园诗。诗中通过写应邀到朋友的田庄上小饮遣兴，描写了田家优美的风光，赞扬了村民纯真朴素的感情。诗歌清新自然，一往情深，全是朴茂纯真之态，绝无半点矫揉造作之情。全篇均用白描手法，对仗工稳而不纤巧，写景自然而不着意雕刻，从而形成了一种清悠淡远的风格。《唐诗别裁集》云："清浅语，诵之自有泉流石上、风来松下之音。"

孟浩然

过故人庄

秦中寄远上人

一丘常欲卧，三径苦无资。①

北上非吾愿，东林怀我师。②

黄金燃桂尽，壮志逐年衰。③

日夕凉风至，闻蝉但益悲。④

①**一丘**：指隐居。《晋书·谢鲲传》："明帝问曰：'论者以君方庾亮，自谓何如？'答曰：'端委庙堂，使百僚准则，鲲不如亮。一丘一壑，自谓过之。'"**三径**：指隐居。《三辅决录》："蒋诩，字元卿，舍中竹下开三径，惟求仲、羊仲从之游。"《晋书·陶渊明传》载："潜谓亲朋曰：'聊欲弦歌，以为三径之资，可乎？'"**资**：财物。②**北土**：北方。孟浩然是襄阳（今湖北襄樊）人，写作这首诗时正客居长安，故谓。**东林**：本指庐山东林寺，这里指远上人居住的地方。**师**：对僧人的尊称。③**燃桂**：烧柴像烧名贵的桂木一样。指长安物价高，生活不易。④**益**：增添。

这是孟浩然在长安应试落第后，写给一位法名为远的僧人的诗。诗中真实而坦率地抒写了落第之后的失意，表达了归隐山林的愿望。诗歌最显著的特色是直抒胸臆，毫不含蓄掩饰。这种写法犹如画中白描，使诗歌显得明朗、简洁，颇有自然之趣。《唐诗三百首注疏》云："'黄金'句伤气。结句好。"

宿桐庐江寄广陵旧游

山暝听猿愁，沧江急夜流。①

风鸣两岸叶，月照一孤舟。

建德非吾土，维扬忆旧游。②

还将两行泪，遥寄海西头。③

①暝：昏暗不明的样子。沧江：青绿色的江水。指桐庐江。桐庐江又名桐江，是指钱塘江在今浙江桐庐境内与桐溪合流的一段。 ②建德：即今浙江建德，在桐庐江上流。非吾土：不是我的故乡。维扬：即广陵，今江苏扬州。 ③海西头：扬州近海，在东海西面，因称。隋炀帝杨广《泛龙舟歌》："借问扬州在何处，淮南江北海西头。"

这首诗是孟浩然在长安求仕未遂，远游江淮，夜宿桐庐江时所作。诗中抒发了诗人潦倒失意的愁苦情怀。前四句纯为写景，稍显雕琢；后四句则转为抒情，似顺手写来，毫不见做作痕迹，而又真切生动，意象天成。全诗以"愁"作为绾结点，"暝""急""孤""忆""泪""遥"等字，都是为渲染"愁"字而起。贺裳《载酒园诗话又编》说："孟诗佳处，只一真字，初读无奇，寻绎则齿颊有余味。"可谓知言。《唐诗别裁集》云："孟公诗高于起调，故清而不寒。"

寂寂竟何待，朝朝空自归。①

欲寻芳草去，惜与故人违。②

当路谁相假，知音世所稀。③

只应守寂寞，还掩故园扉。④

孟浩然

留别王维

①寂寂：寂寞的样子。竟：尚，还。　②寻芳草：借指隐居山林。惜：可惜，舍不得。故人：老朋友。违：分离。　③当路：执政当权的人。假：凭借。　④掩：关上。

　　本篇是诗人四十岁时科举落第后，离开长安时赠别友人王维之作。首联以"寂寂""竟""空"等词将落第后的空虚寂寞强烈地渲染出来。颔联写欲归山林，但故友情深义重，难舍难分。颈联感慨人情淡薄，世态炎凉，而知音稀少，充溢着愤慨与沉痛之感。尾联顺承而下，表明归隐的决心。全诗语句平淡，对偶自然，毫无斧凿之痕，却把诗人落第后的复杂心境表现得细致入微，颇为感人。《唐诗三百首注疏》云："此诗一气浑成，通首皆串。其间线索层次，亦复井然。似对非对，首尾相应，真妙笔也！"

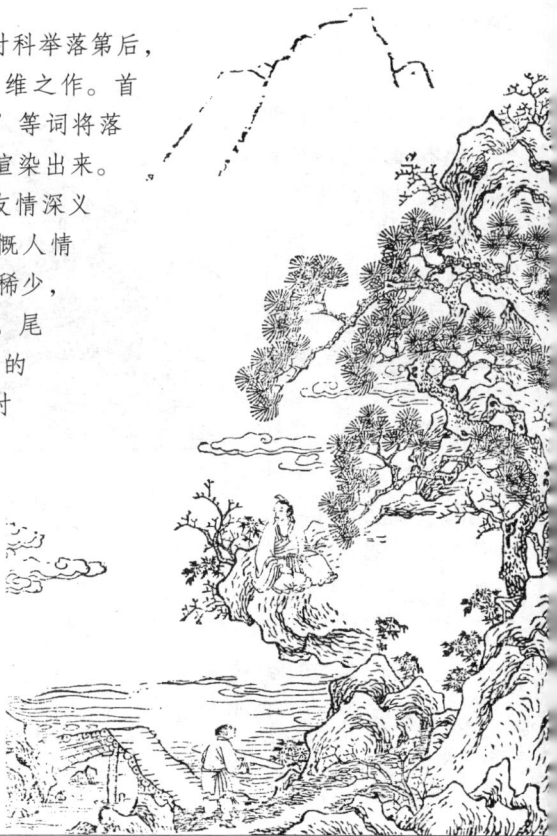

木落雁南渡，北风江上寒。①

我家襄水曲，遥隔楚云端。②

乡泪客中尽，孤帆天际看。

迷津欲有问，平海夕漫漫。③

孟浩然

早寒有怀

①**木落**：树叶脱落。**南渡**：向南飞。 ②**家**：住在。**襄水**：即襄河，汉水流经今湖北襄樊的一段。**曲**：曲折处。**楚云**：楚地的云。襄阳古属楚国。 ③**迷津**：迷路。《论语·微子》："长沮、桀溺耦而耕，孔子过之，使子路问津焉。"津，渡口。**平海**：谓水面平阔。**漫漫**：漫无边际的样子。

　　本篇是诗人科第失意后东游吴越时所作的一首思归的抒情诗。诗题一作《江上思归》或《早寒江上有怀》。首联以北雁南飞起兴，点明时地。再由飞雁联想到自己的家乡，为下文的久客思归张本。颔联用的是流水对，与前两句是以景对景，一气呵成。颈联转以"乡泪"对"孤帆"，是以情对景，避免了全诗在作法上的呆板凝滞。尾联抒发了自己思归不得的怅惘心情，仍以写景道出。全诗语调清冷，语意凄凉，使人读之伤怀。《唐宋诗举要》云："纯是思归之笔，所谓超以象外也。"

刘长卿

秋日登吴公台上寺远眺

古台摇落后，秋入望乡心。①

野寺人来少，云峰水隔深。②

夕阳依旧垒，寒磬^{qìng}满空林。③

惆怅南朝事，长江独至今。

①**古台**：指吴公台，故址在今江苏扬州东北。原为南朝宋时沈庆之所筑，后来陈朝吴明彻又加以增筑，因称。**摇落**：倾颓败落。**望乡心**：思念家乡的念头。 ②**野寺**：荒僻的寺院。**云峰**：云雾缭绕的山峰。 ③**旧垒**：指吴公台。**寒磬**：寒秋时的磬声。磬是一种钵形打击乐器。

本诗为诗人客居扬州时，秋日登吴公台远眺，有感而作。诗中先情后景，首联即直抒思乡之情；颔联和颈联以野寺、云峰、夕阳、旧垒、寒磬、空林等景物，勾勒出一幅孤寂空旷的场景，表明触动乡愁的原因，同时也引发了末二句的感慨：南朝的繁华已和那些风流人物一同消逝了，只有台下的长江仍然奔流不息。全诗对仗工整，用字精炼，格调苍凉，语意蕴藉，余味无穷。《大历诗略》云："空明萧瑟，长庆诸公无此境也。"

刘长卿（？—约789），字文房，宣城（今属安徽），一说为河间（今属河北）人。天宝进士。曾任监察御史、转运使判官等职。因为性格耿直，触怒权贵，两度遭迁谪。官终随州刺史。世称"刘随州"。他在中唐诗坛享有盛誉，致力于近体诗的写作，尤工五律，自称"五言长城"。其诗命意遣词圆转精当，词旨隽朗。有《刘随州诗集》。

流落征南将，曾驱十万师。①

罢归无旧业，老去恋明时。②

独立三边静，轻生一剑知。③

茫茫江汉上，日暮欲何之？④

①**流落**：四处奔波，居无定所。**驱**：驱使，统帅。**师**：军队。 ②**旧业**：在家乡的产业。**明时**：政治清明的时代。 ③**三边**：本为汉代边地幽、并、凉三州的总称，后泛指边疆。**静**：平安无事。**轻生**：不顾惜生命。 ④**江汉**：长江与汉水，泛指江河。**何之**：到哪里去。

这是一首送别诗。诗题一作《送李中丞之襄阳》。诗中对李中丞（唐时边将常兼领御史中丞、御史大夫一类的官衔）这位昔日曾威震边关、出生入死的征南大将，年老时被朝廷遗弃，飘泊失所的不幸遭遇，寄予了深切的同情。诗歌章法明炼，句律雄浑，骨力苍劲，意境况郁，不愧是中唐五律中的杰作。《大历诗略》云："清壮激昂，而意自浑浑。"

送李中丞归汉阳别业

望君烟水阔，挥手泪沾巾。①

飞鸟没何处，青山空向人。②

长江一帆远，落日五湖春。③

谁见汀洲上，相思愁白蘋。④
_{tíng} _{pín}

刘长卿

饯别王十一南游

①烟水阔：雾气弥漫在水面上，茫茫一片，显得很开阔。　②没：消失。　③五湖：指太湖，在今江苏与浙江交界处。　④汀洲：水中的平地。白蘋：一种开白花的水草。这两句化用了南朝梁柳恽《江南曲》"汀洲采白蘋，落日江南春"句意。

　　这是一首饯别诗。诗中通过细致的景物描写，渲染和烘托了依依惜别的深情。诗题虽然是"饯别"，但全诗并没有一个字写到设宴饯别场面，甚至连饯别的对象都没直接出现，而是集中笔墨描写友人远去之后诗人仍伫立江边凝望和展开想象的情景，从而表现出诗人对友人的一片深情和无限离别之意。全诗首尾圆合，情景互生，词藻清丽，格韵高妙，是饯别诗中的佳作。《唐诗观澜集》云："文房五言，格韵高妙，绝处不减摩诘。"

刘长卿

寻南溪常道士

一路经行处，莓苔见屐痕。①
白云依静渚，芳草闭闲门。②
过雨看松色，随山到水源。③
溪花与禅意，相对亦忘言。④

①**经行处**：走过的地方。**屐**：木底的鞋子。 ②**渚**：水中的小块陆地。**闲门**：指常道士的居舍。 ③**过雨**：雨过，雨停。**随**：顺着，沿着。 ④**禅意**：佛教指清寂澄澈的境界。此指清静无为的道家哲理。**忘言**：指达到了心智澄澈的境界后，已不需言语为凭籍。

　　本篇为诗人寻访南溪常道士不遇而作。诗中通过对山中清幽景色的描写，表现了常道士与世无争、淡泊名利的高尚情操，抒写了自己随缘自适、领悟到禅理的快乐心情。全诗结构前后贯通，绵密紧凑，语言清新俊逸，自然贴切，有渊明风骨。《唐诗成法》云："题是'寻常道士'诗，只'见屐痕'三字完题。余但写南溪自己一路得意忘言之妙，其见道士否不论，与王子猷何必见安道同意。"

新年作

乡心新岁切，天畔独潸然。^①

老至居人下，春归在客先。^②

岭猿同旦暮，江柳共风烟。^③

已似长沙傅，从今又几年？^④

①乡心：思念故乡的念头。切：急切。天畔：天边，泛指边远偏僻的地方。潸然：流泪的样子。　②老至：老来。居人下：指地位低卑。客：指诗人自己。　③岭：指南岭。风烟：初春的景物。　④长沙傅：指西汉贾谊。贾谊遭权贵忌恨，曾被贬为长沙王太傅。

这首诗是刘长卿被贬为南巴（今广东茂名东）尉后，在新年临近时写的一首怀乡之作。诗中以贾谊自比，抒发了无辜遭贬谪的愤慨和思乡之情。其中"春归在客先"一句，写思乡之情颇具神韵，与隋代薛道衡《人日思归》中"人归落雁后，思发在花前"两句有异曲同工之妙。全诗语调愁苦，情真意切，不平之气溢于言表。《唐诗消夏录》云："句句从'切'字说出，便觉沉着。"

送僧归日本

上国随缘住，来途若梦行。①

浮天沧海远，去世法舟轻。②

水月通禅寂，鱼龙听梵声。③

fàn

惟怜一灯影，万里眼中明。④

①**上国**：指中国。**随缘**：本是佛教用语，这里指随顺机缘，不刻意苦求。**来途**：指从日本来中国的路途。　②**浮天**：水面远与天齐，好像浮在空中。形容海天相接，浩瀚无边。**去**：离开。**世**：语意双关，既指日本，又指佛家所谓的尘世。**法舟**：指日本僧人所乘的船。　③**水月**：语意双关，一方面指海水明月，一方面指佛教教义所宣扬的万事都如水中之月那样虚幻。**禅寂**：又称禅定，佛用语，指清寂澄澈的心境。**梵声**：念经的声音。　④**一灯**：双关语，既指船灯，又指禅灯。佛典《维摩诘经》："有法门名无尽灯，譬如一灯然（燃），百千灯冥者皆明，明终不息。"**眼中明**：承上句而来，也是双关语，既指船灯照亮眼前的景物，又暗指日本僧人的修行高深。

　　唐代时有许多日本人漂洋过海，到中国来求学问法，其中有不少是僧人。钱起的这首诗就是送给一位学成归国的日本僧人的。虽然这是一首送别诗，但诗歌的精巧之处却在于整首诗中没有一字直接提及送别。诗中前二联写僧人来时的情景，后二联则写僧人归途上的海景。而送别之意，也就自然寓于这一来一去之中了。此外，诗中多用佛语，既是写景，又是颂僧，语带双关，切合所送人的身份。《唐诗三百首注疏》云："诗境宽而不散，诗情蕴而不晦。"

钱起（约720—约782），字仲文，吴兴（今浙江湖州）人。天宝进士，授秘书省校书郎。后任司勋员外郎、司封郎中等职，官终考功郎中、太清官使。世称『钱考功』。

他诗才清逸，为『大历十才子』之首，又与郎士元并称『钱郎』。其诗多应景献酬之作，诗风流丽华美，闲雅纤秀，语言简明洗炼。有《钱考功集》。

谷口书斋寄杨补阙

泉壑带茅茨，云霞生薜帷。①

竹怜新雨后，山爱夕阳时。②

闲鹭栖常早，秋花落更迟。

家僮扫萝径，昨与故人期。③

①壑：深的山谷。带：环绕。茅茨：茅屋。薜帷：薜荔爬满墙头，有如帷幔。薜，即薜荔，也称木莲，一种藤本植物。②怜：喜爱。③萝径：两旁长满了菟丝子草的小路。萝，又称女萝、菟丝子草，一种蔓生植物。故人：老朋友。期：订约。

这首诗是诗人为催促友人杨补阙践约来自己的书斋小叙而作。前六句全是写景，描写了谷口（在今陕西蓝田南）书斋附近优美动人的景致。最后二句点明表明期待友人践约之意。诗人把日常生活中的一点琐事，以清新的笔调赋予高雅的情趣，从而使这种细微小事都显得蕴有不尽的诗意。其中"竹怜新雨后，山爱夕阳时"二句，对仗工整，写景幽妙，堪称佳句。《唐诗评注读本》云："其期望故人之心，抑何恳挚若此！"

江汉曾为客，相逢每醉还。①

浮云一别后，流水十年间。②

欢笑情如旧，萧疏鬓已斑。③

何因不归去，淮上对秋山？④

①江汉：此偏指汉水。唐时梁州辖今陕西城固以西的汉水流域一带。 ②浮云：指聚散像浮云一样无常。流水：指时间像流水一样消逝。 ③萧疏：零落的样子。鬓：发角。 ④何因：为什么。对：一作"有"。

　　这首诗写久别重逢之情，其中又不无自伤羁旅之感。首联以回忆过去相会时写起。颔联以"浮云""流水"两个比喻，高度概括了分别十年的世事沧桑。颈联顺承写相见的欢乐以及老大伤悲的感慨。尾联借故人归去，抒写羁旅之悲。全诗结构绵密，详略适宜，情景婉至，令人读后有回肠荡气之感。《小清华园诗谈》云："是皆一唱而三叹，慷慨有余音者。"

淮上喜会梁州故人

楚江微雨里，建业暮钟时。①

漠漠帆来重，冥冥鸟去迟。②
_{zhòng}

海门深不见，浦树远含滋。③

相送情无限，沾襟比散丝。④

韦应物

赋得暮雨送李曹

①**楚江**：即长江。**建业**：即今江苏南京。　②**漠漠**：迷蒙不清的样子。**帆来重**：谓因暮雨打湿了船帆，船走得很慢，好像船变重了。**冥冥**：天色昏暗的样子。　③**海门**：指长江汇流入海的地方。**浦**：水边。**滋**：润泽。　④**沾襟**：双关语，谓微雨沾湿衣襟，亦谓泪水沾湿衣襟。**散丝**：喻雨丝。晋张协《杂诗》："密雨如散丝。"

这首送别诗通过对雨中江景的细致刻画，表现了诗人送别时的沉重心情。前三联紧扣题中的"暮雨"和"送"字着笔写景。那濛濛的烟雨，沉沉的暮色，漠漠的重帆，迟迟的飞鸟，还有远处的海门、浦树，融合在一起，形成了一种浓重、阴沉、压抑的氛围。在这三联景物的烘托下，尾联直抒胸臆，使得情景妙合无间。全诗用语精炼含蓄，有咀嚼不尽之味。《唐诗观澜集》云："冲淡夷犹，读之令人神往。"

酬程近秋夜即事见赠

长簟迎风早，空城澹月华。^{dián}^{dàn} ①

星河秋一雁，砧杵夜千家。^{zhēn chǔ} ②

节候看应晚，心期卧已赊。^{shē} ③

向来吟秀句，不觉已鸣鸦。 ④

①簟：竹席。月华：月光。 ②星河：银河。砧杵：捣洗衣服用的垫石和棒槌。这里指捣衣声。 ③节候：节气物候。看：表示估计。期：以心相期。指两心相通。赊：迟。 ④向来：刚才。秀句：秀丽的诗句。指程近的赠诗。鸣鸦：乌鸦叫了。意思是天快亮了。

这是一首酬答诗。友人程近以《秋夜即事》为题写了一首诗送给诗人，诗人写此诗回赠。诗歌前四句紧扣"秋夜"写景。皓月当空，月华如水般笼罩着城市，一只孤雁掠过星河灿烂的夜空，向远处飞去，此起彼伏的捣衣声响彻了千家万户。如此良辰美景，诗人专心吟诵程近的诗句，正见出他对友人的一片深情。全诗一气呵成，韵调清新。《初白庵诗评》云："'秋''夜'二字极寻常，一经炉锤，便成诗眼。"

韩翃（hóng），生卒年不详，字君平，南阳（今属河南）人。天宝进士。曾两度为节度使幕僚。德宗建中初任驾部郎中、知制诰，官终中书舍人。他是"大历十才子"之一，诗多为送别酬赠之作，在当时颇负盛名。其诗风华清丽而又不失豪迈雄浑，音韵谐美，语言洗炼，时见佳句。有《韩君平诗集》。

阙题

道由白云尽，春与青溪长。①

时有落花至，远随流水香。

闲门向山路，深柳读书堂。②

幽映每白日，清辉照衣裳。③

①由：因为。　②闲门：闲静的门庭。向：对着。深柳：茂密幽深的柳树林。　③幽映：指柳树林在阳光照射下形成的浓荫。每：每每，经常。清辉：指春天和煦的阳光。

这首诗是刘眘虚的代表作。唐人殷璠的《河岳英灵集》收录此诗时未标明题目，后人因以"阙（缺）题"为名。诗中通过描写诗人在寻访一位隐居者的途中所见到的景致，抒发了自己淡泊名利的情怀。全诗句句写景，情韵盎然，意境幽美，气象空明，语似平淡却回味无穷。《唐诗归》云："骨似王、孟，而气运隆厚或过之。"

刘眘（shèn）虚，生卒年不详，字全乙，洪州新吴（今江西奉新）人。开元进士。曾任洛阳尉、夏县令。后人将他与贺知章、包融、张旭并称为「吴中四友」。其诗多写山水隐逸之趣，尤工于五言。《全唐诗》辑诗十五首。

江乡故人偶集客舍

戴叔伦

天秋月又满，城阙夜千重。①

还作江南会，翻疑梦里逢。②

风枝惊暗鹊，露草泣寒虫。③

羁旅长堪醉，相留畏晓钟。④

①城阙：宫城。此指长安。夜千重：指夜已经很深了。
②江南会：与家乡友人一起欢会。戴叔伦的故乡在江南地区。
翻：反而。 ③风枝：风吹动的树枝。暗鹊：天晚后归巢的
鹊鸟。这里化用了曹操《短歌行》"月明星稀，乌鹊南飞。
绕树三匝，何枝可依"句意。泣寒虫：秋虫悲切地鸣叫。
④羁旅：漂泊他乡。相留：互相留恋，舍不得分手。晓钟：
报晓的钟声。

　　本诗描写的是诗人在京城与江南故人相聚
的情景。首联点明相聚的时间、地点。颔
联"翻疑梦里逢"句生动而逼真地刻画
出诗人与故人偶然相聚时恍然的神
态与惊喜交集的心情。颈联暗用
典故，写客旅之情、家园之思。
尾联抒发羁旅之愁、离别
之恨。诗歌语言清新，
用典纤巧而属意颇
深。《大历诗略》云：
"大历五言皆纤而
不迫，幼公后出，
气调为小变，顾情
来之作，有不自知
其然者。"

戴叔伦（732—789），字幼公，润州金
坛（今属江苏）人。少有才名。代宗时荐
为秘书省正字，历任湖南转运留后、河南
转运留后，抚州刺史等职，官终容管经略使，
易之中。《全唐诗》录诗两卷。以清廉仁恕著称。他的诗歌在题材、风格、
手法等方面都体现出唐诗由盛期转入中期
的痕迹，诗风明静流宕，往往寄深意于平

送李端

卢纶

故关衰草遍，离别正堪悲。①

路出寒云外，人归暮雪时。②

少孤为客早，多难识君迟。③

掩泪空相向，风尘何所期？④

①故关：指送别的地方。 ②人：指作者自己。 ③少孤：年纪轻轻就失去了亲人。指李端早年丧父。为客：作客，客居他乡。多难：不遂意的事很多。 ④风尘：指时势纷乱。期：订约会。此指后会之期。

这是一首送别诗，送别的对象是同为"大历十才子"之一的友人李端。诗中抒写了身世飘零的感伤和离愁别绪，从侧面反映出时代的动乱和人们在动乱中漂泊不定的生活。前二联点明送别的时间、地点，并以寒冬景物烘托出一种悲凉的氛围。颈联将惜别和感世伤怀交融来写，直抒胸臆，情挚语真，属对工稳，顿挫有致，是全篇的警句。清人贺裳评道："以真而入妙……能使人情为之移，甚者欷歔欲绝。"（《载酒园诗话》）《诗境浅说》则云："诗为乱离送友，满纸皆激楚之音。"

卢纶（约742—约799），字允言，河德宗闻其名，欲召入内殿，未成行而卒。中蒲（今山西永济西南）人。屡举进士不第。后荐授阌（wén）乡尉，历任集贤院学士、河南密县令，昭应县令等职。后入河中浑碱（jiǎn）元帅府，官至检校户部郎中。他是『大历十才子』之一，诗以叙事见长，众体兼擅，古诗歌行气势雄健，律诗洗炼明快，时见精警之句。《全唐诗》录诗五卷。

十年离乱后，长大一相逢。①

问姓惊初见，称名忆旧容。

别来沧海事，语罢暮天钟。②

明日巴陵道，秋山又几重。③

①离乱：指因社会动乱而分离。　②沧海事：指人事的沧桑变迁。　③巴陵：今湖南岳阳。

李益

喜见外弟又言别

这首诗写诗人与表弟久别重逢后马上又要离别的感慨。诗歌用凝炼的语言和白描的手法，生动地再现了社会动乱后亲友重逢的一幕。从"问"到"称"，从"惊"到"忆"，再到倾心长谈，层次清晰、细腻传神地写出了由初见不识到接谈相认的神情变化，而至亲的情谊，重逢的惊喜，世事的感慨，即将离别的惆怅，也就自然地从描述中流露了出来。《唐诗别裁集》云："一气旋折，中唐诗中仅见者。"

李益（748—约829），字君虞，陇西姑臧（今甘肃武威）人。大历进士，授华州郑县尉。后复中讽谏主文科，升郑县主簿。曾多次入幕府为幕僚。后入朝为官，历任都官郎中、中书舍人、集贤殿学士等职，以礼部尚书衔致仕。他诗名早著，边塞诗最为著名，各体中尤以七绝见长。其诗笔调俊伟轩昂，构思奇异独特，内容丰富，思绪深沉，颇得后人推崇。有《李君虞诗集》。

故人江海别，几度隔山川。

乍见翻疑梦，相悲各问年。①

孤灯寒照雨，深竹暗浮烟。②

更有明朝恨，离杯惜共传。③

①乍：突然。翻：反而。各问年：相互询问对方的年纪。
②深竹：幽深茂密的竹林。浮烟：飘浮着烟雾。 ③恨：遗憾。
离杯：离别的酒。惜：珍惜。此处有依依不舍的意思。共传：
即共同举杯。

这首诗是诗人在云阳（今陕西三原一带）驿馆与友人韩绅同宿后分别时所作。诗歌的结构章法与李益的《喜见外弟又言别》颇为相似。"乍见"两句，惟妙惟肖地表现出诗人与韩绅相逢时欣喜、惊奇的神态和悲喜交集的心情，被誉为"久别忽逢之绝唱"（方回《瀛奎律髓》）。颈联以孤灯、寒雨、浮烟、湿竹等凄凉景象渲染诗人暗淡悲凉的心情，又象征着人事的浮游不定，从而引出尾联的离愁别恨。全诗情真意切，语言朴实清美，是唐人赠别诗中的佳作。《唐诗成法》云："情景皆写，不失古法。"

司空曙

云阳馆与韩绅宿别

司空曙（约720—约790），字文明，官终虞部郎中。他是「大历十才子」之一，洺州平（治今河北永年东南）人。诗人卢纶的表兄。早年赴长安应试，不第。代宗大历年间任洛阳主簿，后入朝为左拾遗，诗风朴挚直率，不事雕琢。《全唐诗》存诗两卷。有《司空文明诗集》。长于五律，诗多送别酬答和感慨身世之作，

静夜四无邻，荒居旧业贫。①

雨中黄叶树，灯下白头人。

以我独沉久，愧君相见频。②

平生自有分，况是霍家亲。③

①旧业：旧有的产业。　②沉：沉沦。相见频：频繁地来探访。　③分：缘分。指情投意合。霍家亲：西汉名将霍去病是名将卫青姐姐的儿子，霍、卫两家是表亲。"霍"一作"蔡"，则指晋羊祜为蔡邕外孙，羊、蔡两家也是表亲。这里借指表兄弟关系。

诗人与卢纶都是"大历十才子"中人，又是表兄弟。当卢纶前来探访留宿时，诗人十分高兴，便挥毫写下了这首诗。诗中前四句写自己沉沦不遇、寂寞独处的凄凉景况，后四句则写对表弟来访留宿的喜出望外之情。一悲一喜，互相生发。其中颔联两句，以萧瑟的景物烘托凄清的氛围，"善状目前之景，无限凄感，见乎言表"（谢榛《四溟诗话》）。全诗情感真切，语言质朴，凄恻动人。《唐诗选脉会通评林》则云："深情剀切。"

司空曙

喜外弟卢纶见宿

世乱同南去，时清独北还。①

他乡生白发，旧国见青山。②

晓月过残垒，繁星宿故关。③

寒禽与衰草，处处伴愁颜。④

司空曙

贼平后送人北归

①**世乱**：指"安史之乱"造成的社会动荡。**时清**：指时局安定下来。　②**旧国**：
故乡。　③**残垒**：破败的营垒。**故关**：古旧的关塞。　④**寒禽**：秋冬时节的鸟儿。

"安史之乱"爆发后，诗人流落江南。叛乱平定后，与诗人一起逃难、生死与共的朋友即将还乡，而诗人却仍要漂泊他乡，于是写下了这首诗送别友人。诗中抒写了与友人的依依惜别之情和自己滞留江南孤独寂寞的情怀。诗歌真实地再现了"安史之乱"以后残败荒凉的景象，并与自身之悲、离别之情交融在一起，因此显得十分凄恻动人。《唐诗选脉会通评林》云："中唐雅调，甚不费力，甚不浅促。"

天地英雄气，千秋尚凛然。①

势分三足鼎，业复五铢钱。②

得相能开国，生儿不像贤。③

凄凉蜀故伎，来舞魏宫前。④

刘禹锡

蜀先主庙

①凛然：严肃不可侵犯的样子。　②三足鼎：喻魏、蜀、吴三国并立。鼎，古代烹调用的大容器，有三足者、四足者。"业复"句：指刘备复兴汉室基业。五铢钱，本是西汉武帝时发行的钱币名，王莽代汉后废止，到东汉光武帝时又恢复使用。　③相：指诸葛亮。开国：建国。儿：指蜀后主刘禅。　④"凄凉"二句：据《三国志·蜀志·后主传》注引《汉晋春秋》记载，刘禅降魏后，封安乐县公。司马昭有一次宴请他，并让从蜀国掳来的歌伎表演歌舞，旁人都很伤感，刘禅却嬉笑自若。

　　这是一首咏古诗，也堪称是一篇警策的史论。诗作于唐穆宗长庆初年，时诗人任夔州（治所在今重庆奉节）刺史。刘备庙在今重庆奉节白帝城。诗中颂扬了刘备的英雄气概和业绩，贬讥了刘禅的昏庸荒唐。诗中采用正反对比法，前四句写盛德，后四句写业衰，在一正一反的盛衰对比中抒发了诗人的感慨。全诗境界雄阔绝伦，用典浑然无迹，对仗精工妙合，是刘禹锡五律中的杰作。《后村诗话》云："雄浑老苍，沉着痛快，小家数不能及也。"

刘禹锡（772—842）字梦得，洛阳（今属河南）人。贞元进士，授太子校书。后入淮南节度使杜佑幕府，又入朝任监察御史。唐顺宗继位后，任屯田员外郎，参与"永贞革新"。革新失败后，贬为朗州司马。后历任播、连、夔、和、苏、汝、同等州刺史。

部尚书衔。世称"刘宾客""刘尚书"。与柳宗元并称"刘柳"，又与白居易并称"刘白"。其诗众体兼备，不拘一格，诗风沉着稳健，清新自然。他仿照民歌创作的《竹枝词》等诗，在唐诗中别开生面，对后世有着深远的影响。有《刘梦得文集》。

前年戌月支,城下没全师。① ^(shù)

蕃汉断消息,死生长别离。② ^(bō)

无人收废帐,归马识残旗。③

欲祭疑君在,天涯哭此时。④

张
籍

没蕃故人

①戌:驻守。这里指出征。月支:汉代西域国名。这里借指吐蕃。没全师:全军覆没。 ②蕃:即吐蕃,中国古代藏族政权名。汉:指唐朝。 ③废帐:战后遗弃的营帐。④天涯:天边。这里指作者所在的地方。

　　这首诗是为悼念战死在吐蕃的朋友而作的。诗人追叙了友人战死的经过,并运用想象,描写了战败后战场上废帐残旗,以此抒发了对友人的深切思念之情。末二句从颔联生发,写望空遥祭,尚存九死一生之想,而终成绝望。这二句情意真挚,语言虽然平淡却苍凉沉痛,入木三分地刻画出诗人复杂矛盾而又无比痛苦的心情。《诗境浅说》云:"此诗可谓'一死一生,乃见交情'也。"

张籍(约767—约830),字文昌,苏州(今属江苏)人。贞元进士。历任太常寺太祝、国子助教、水部员外郎等职,官终国子司业。世称「张水部」「张司业」。工诗,尤以乐府诗著称,与王籍齐名,并称「张王乐府」。其诗精警凝炼,而又平易自然。王安石赞他的诗「看似寻常最奇崛,成如容易却艰辛」,可谓精当。有《张司业集》。

离离原上草，一岁一枯荣。①

野火烧不尽，春风吹又生。

远芳侵古道，晴翠接荒城。②

又送王孙去，萋萋满别情。③

白
居
易

草

①离离：草木茂盛的样子。　②远芳：蔓延的春草。侵：延伸而入。晴翠：指阳光照耀下的广阔绿野。荒城：荒凉的城镇。　③王孙：本指贵族子弟。这里指出门远行的人。萋萋：草木繁茂的样子。此两句诗意，化用自《楚辞·招隐士》："王孙游兮不归，春草生兮萋萋。"

　　这是一首千古传唱的送别名作。诗题一作《赋得古原草送别》。诗中处处咏草，而又处处关合送别，情韵缠绵，含蓄不尽。其中"野火烧不尽，春风吹又生"二句，以寻常的语言，形象而生动地刻画出古原草顽强的生命力，含意精警，具有浓郁的象征意味，是广为传诵的名句。唐人张固《幽闲鼓吹》载，白居易初到长安时曾以诗拜谒名士顾况。顾况看到"居易"二字，便打趣道："米价方贵，居亦弗易。"但当开卷读到本篇时，不禁叹赏不已："道得个语，居即易矣。"《唐宋诗举要》云："情韵不匮，句亦振拔，宜其见重逋翁也。"

杜牧（?—约853）字牧之，京兆万年（今陕西西安）人。宰相杜佑之孙。大和进士，授弘文馆校书郎。后历任监察御史、左补阙、黄州刺史、湖州刺史等职，官终中书舍人。世称『杜樊川』『杜紫微』。工诗、赋及古文，以诗的成就最高，尤擅长七律和绝句。后人称为『小杜』，以别于杜甫。又与李商隐并称为『小李杜』。其诗俊爽明朗，清丽淡雅，在晚唐诗坛上独树一帜。但也有一部分作品渲染声色之乐，流于颓废轻薄，对后世产生了一些不良影响。有《樊川文集》。

旅宿

杜牧

旅馆无良伴，凝情自悄然。①

寒灯思旧事，断雁警愁眠。②

远梦归侵晓，家书到隔年。③

沧江好烟月，门系钓鱼船。④

①凝情：凝神思索。悄然：忧郁的样子。　②断雁：失群的孤雁。警：惊醒。　③远梦：思念远方家乡的梦。归：指归乡。侵晓：破晓，天亮。家书：家信。　④沧江：青绿的江水。烟月：指风光。

这首诗作于诗人羁旅漂泊之中，抒发的是流离之苦与思乡之情。诗的前半部分开门见山，直抒胸臆。后半部分则比较含蓄，更进一层地抒发乡愁。全诗结构紧凑，章法严整，语言平易，语意委婉动人。《唐诗评注读本》云："思家之念切，即可于言外而得之。"

许浑

秋日赴阙题潼关驿楼

红叶晚萧萧，长亭酒一瓢。①

残云归太华，疏雨过中条。②

树色随关迥，河声入海遥。③

帝乡明日到，犹自梦渔樵。④

①红叶：指枫叶。因秋天颜色转红，故称。萧萧：风吹树叶发出的声响。长亭：古代在官路旁设的亭舍，十里一长亭，五里一短亭，供行人休息或饯别。瓢：指酒杯。②太华：指西岳华山，在今陕西华阴南。疏雨：细雨。中条：即中条山，在今山西南部靠近黄河一带。③关：指潼关。迥：遥远。河：指黄河。④帝乡：指京师长安。梦渔樵：梦想回故乡过渔樵生活，意指隐居。

这是诗人途经潼关时所写的一首题壁之作。诗中前三联写景全从高处、大处落笔，同时又以"归""过""迥""遥"等字眼，着重写景物的动态美。尾联抒发了诗人淡泊名利的情怀。全诗对仗工整，境界阔大，韵味浓郁，格调意趣直追盛唐。《唐宋诗举要》云："高华雄浑，丁卯压卷之作。"

许浑（?~约858），字用晦，一字仲晦，润州丹阳（今属江苏）人。大和进士。历任当涂尉、太平县令、监察御史、虞部员外郎等职，官终郢州刺史。晚年因病退居润州丁卯桥附近，世称『许丁卯』。一生不作古诗，专攻律体，题材多为山水田园之类，其诗句法圆熟，对仗精工，声律谐婉。有《丁卯集》。

许浑

早秋

遥夜泛清瑟，西风生翠萝。①

残萤栖玉露，早雁拂金河。②

高树晓还密，远山晴更多。

淮南一叶下，自觉洞庭波。③

①遥夜：漫长的夜晚。泛：这里指弹奏。清瑟：即瑟，一种弦乐器。古人认为弹瑟是一件高雅的事，因此称瑟为清瑟。生：催生，促长。萝：又称女萝、菟丝子草，一种蔓生植物。　②玉露：白露。古人认为萤火虫吸食露水为生。金河：秋天的河。金，古代五行说以秋属金。　③"淮南"句：《淮南子·说山》："见一叶落而知岁之将暮。"此句用其意。"自觉"句：屈原《九歌·湘夫人》："袅袅兮秋风，洞庭波兮木叶下。"此句用其意。

　　本诗作于穆宗长庆三年（823），诗人当时久试未第而游历江南。题为"早秋"，故首联即以"遥夜""西风"领起秋景。中二联用"残萤""早雁""晓还密""晴更多"等词，突出早秋的独特景象。尾联两句分别化用《淮南子》与《楚辞》的语典，自然浑成，神清气足，而又暗寓身世沧桑之感，是不可多得的佳句。《唐诗三百首》云："字字切'早'。"

蝉

本以高难饱，徒劳恨费声。①

五更疏欲断，一树碧无情。②

薄宦梗犹泛，故园芜已平。③

烦君最相警，我亦举家清。④

①**高难饱**：古人认为蝉性高洁，栖息在高枝上，餐风饮露，难得一饱。**恨**：不平。
②**疏**：谓叫声稀疏。 ③**薄宦**：官职卑微。**梗犹泛**：《战国策·齐策三》记载，土偶对桃梗说："今子东国之桃梗也，刻削子以为人，降雨下，淄水至，流子而去，则子漂漂者将何如耳？"这里作者借指自己像桃梗一样漂泊无依。梗，小树枝。**"故园"句**：化用晋陶渊明《归去来兮辞》"归去来兮，田园将芜胡不归"句意。 ④**相警**：使人警醒。**清**：指清苦的生活，也指清廉的操守。

　　这首诗写于诗人在东川节度使柳仲郢幕府任职期间。当时诗人寄人篱下，郁郁不平，于是借咏蝉抒写人生失意的悲苦，并寄寓自己向往归隐自守的高洁情怀。诗歌前半段咏蝉自况，后半段直抒胸臆。全诗结构谨严，状物神妙，寓意深远，被后人认为是咏物诗中的上乘之作。《围炉诗话》云："义山《蝉》诗，绝不描写用古，诚为杰作。"

凄凉《宝剑篇》，羁泊欲穷年。①

黄叶仍风雨，青楼自管弦。②

新知遭薄俗，旧好隔良缘。③

心断新丰酒，销愁又几千。④

李商隐

风雨

①《宝剑篇》：唐初郭震，年轻时胸怀大志。武则天召见他，向他索要诗文，郭震就呈上《宝剑篇》。武则天看后大为赞赏，立即重用了他。事见《新唐书·郭震传》。**羁泊**：生活不安定，四处漂泊。**穷年**：终年。　②**黄叶**：喻作者自己。**青楼**：青色的高楼。此泛指富贵人家的高楼。　③**薄俗**：浇薄的世俗风气。**隔良缘**：谓深厚的交情因被阻隔而中断。　④**"心断"句**：谓自己已经断了像马周那样得到赏识的念头。新丰在今陕西渭南西，古时以产美酒著称。据《新唐书·马周传》记载，马周西游长安时，住在新丰旅舍，店主人对他很冷淡，马周便买酒独酌。后来唐太宗召见他，授监察御史职。**几千**：泛指买酒的钱，不是实指。

　　本诗以"风雨"起兴，抒写了诗人怀才不遇的悲愤和羁旅漂泊的凄凉心境：虽欲以美酒浇愁而不可得，只能更添惆怅。"风雨"在诗人笔下，成为抑制人才的险恶环境的象征。"黄叶仍风雨，青楼自管弦"一联，以"仍""自"作为诗眼，写尽沉沦者自苦、得志者自乐的对立人生图景，可谓极咏叹之致。《玉谿生诗说》云："神力完足，'仍''自'字多少悲凉！"

高阁客竟去，小园花乱飞。①

cēn cī
参差连曲陌，迢递送斜晖。②

肠断未忍扫，眼穿仍欲归。③

芳心向春尽，所得是沾衣。④

①"高阁"二句：这是倒装句法。意谓因小园中的花已飘落，客人也离阁而去了。　②参差：花木不整齐的样子。曲陌：曲折的小路。迢递：遥远的样子。送斜晖：指落花伴着夕阳的余晖飘舞。　③眼穿：望眼欲穿，表示急切地希望。归：指春归。④芳心：双关语，指花，也指自己惜花的心意。沾衣：指流泪。

这是一首咏物诗，作于会昌六年（846）诗人闲居永乐期间。当时，李商隐因娶王茂元之女一事，构怨于牛党，境况颇为困顿，触物伤怀，情不自禁写下了此诗。诗中通过对落花的描写，抒写了惜春之情，同时也借落花寄寓了身世之感。全诗纯用白描手法，无一典故藻饰，而落花的种种姿态与惜花者千回百转的凄婉心情却曲致尽出。《唐诗消夏录》云："客去凭栏，正无聊赖，风飘万点，不觉伤心。"

李商隐

落花

凉思

客去波平槛，蝉休露满枝。^①

永怀当此节，倚立自移时。^②

北斗兼春远，南陵寓使迟。^③

天涯占梦数，疑误有新知。^④

①槛：栏杆。**休**：指停止鸣叫。　②**永怀**：长久地思念。**"倚立"句**：谓今日斜倚立槛前，时节已从春到秋。　③**北斗**：北斗星。这里指客所在的地方。**兼春远**：和已经逝去的春天一样遥远。**南陵**：地名，今安徽繁昌。指怀客所在的地方。**寓使**：信使。　④**占梦**：古人迷信，认为通过占卜梦中的事能预测吉凶祸福。**数**：多次，屡次。**疑误**：即"误疑"，错误地怀疑。**新知**：新交的好朋友。

　　这首诗与李商隐的许多无题诗一样，恍惚迷离，充满了暗示意味，因此诗的本事难于考索，大约记述的是诗人在羁旅漂泊中的一段情深往事。人去楼空，唯有闻蝉忆客，倚槛凝思，在凉夜中一抒自己的眷怀。尾联"天涯占梦数，疑误有新知"两句，意蕴含蓄，辞凄情苦，语省意繁，可谓精炼之笔。《唐诗三百首注疏》云："起四句一气涌出，气格殊高，尤妙于倒转下笔。若换一、二作三、四，则平钝语矣。"

残阳西入崦，茅屋访孤僧。①

落叶人何在，寒云路几层。

独敲初夜磬，闲倚一枝藤。②

世界微尘里，吾宁爱与憎？③

①崦：即崦嵫，古代指太阳落山的地方。　②初夜：指黄昏。磬：一种钵形敲击乐器。藤：指手杖。　③"世界"句：谓大千世界全在微尘中。佛典《法华经》："譬如有经卷，书写三千大千世界事，全在微尘中。"宁：岂，难道。

　　本诗写诗人访问山中孤僧时的所见所感。诗人围绕访僧悟禅这一主旨，以残阳、茅屋、落叶、寒云等一系列景致和独敲、闲倚等动作的层层渲染描绘，刻画出一位寄迹山林的孤僧形象，同时也抒发了诗人意欲摆脱尘网，追求清寂澄澈境界的心态。清人何焯在《李义山诗集辑评》中以"澹淡"两字评此诗，正是看到了它意致简远、遣词超然的风格特点。《李义山诗集笺注》则云："清磬深宵，老藤方丈，静中是何等境界！"

荒戍^{shù}落黄叶，浩然离故关。 ①

高风汉阳渡，初日郢^{yǐng}门山。 ②

江上几人在，天涯孤棹^{zhào}还。 ③

何当重相见，樽酒慰离颜。 ④

①荒戍：荒废的营垒。浩然：意气充沛的样子。故关：旧日的关垒。指送别的地方。　②高风：深秋的凉风。汉阳渡：渡口名，在今湖北武汉。郢门山：即荆门山，在今湖北枝城西北，北临长江。　③江上：代指友人东游的地方。棹：船桨，代指船。　④何当：什么时候。离颜：离别时的愁颜。

本诗约作于宣宗大中十三年（859）作者被贬为隋县尉之后，懿宗咸通三年（862）离开江陵东下之前。诗题一作《送人东归》。诗中通过秋日送别时萧瑟气氛的描写，抒发了诗人羁旅漂泊的情怀。全诗句句是针对所送之人说的，而诗人的深挚情谊也在字里行间得到了充分体现。其中"高风汉阳渡，初日郢门山"一联，境界辽阔，气势雄浑，是写景的名句。《唐贤小三昧集续集》云："高朗明健，居然盛唐格调。"

温庭筠

送人东游

温庭筠（？—866）本名岐　字飞卿　官终国子助教。他与李商隐齐名，并称"温李"。其乐府诗受六朝宫体的影响，语言风格较为秾艳。其咏史吊古之作，则意气苍凉，感慨深长。诗体中以近体最擅，气韵清隽，标格高拔俗。有《温飞卿集》。

太原（今山西太原市西南）人。年轻时才思敏捷，每次入试作赋，叉手构思，叉八次就赋成八韵，人号"温八叉"。又作赋不用打草稿，每赋一吟即就，人号"温八吟"。为人恃才傲物，故屡试不第。后曾两任县尉，

灞原风雨定，晚见雁行频。①

落叶他乡树，寒灯独夜人。

空园白露滴，孤壁野僧邻。②

寄卧郊扉久，何年致此身？③

马戴

灞上秋居

①灞原：在今陕西西安东灞水西岸，又称白鹿原。定：停止。雁行：雁群飞行时，往往整齐地排成"一"字形或"人"字形，故称。　②孤壁：孤寂冷清的房屋。　③寄卧：指寄居。扉：门，代指房屋。致此身：意思是以此身为国君尽力，即做官。《论语·学而》："事君能致其身。"致，尽。

本诗是诗人科举不第后滞留长安时所作。诗中抒发了诗人寄居他乡的寥落之感和怀才不遇之慨，是历代"悲秋"主题中的典型之作。诗情景交融，不作无病呻语，因而颇能引起人们的共鸣与同情。其中"落叶他乡树，寒灯独夜人"一联，锻炼深刻，意蕴多重，是晚唐诗歌的一种典型风格。《重订中晚唐诗主客图》云："意是孤僻，纯是贾想。"

马戴，生卒年不详，字虞臣，曲阳（今江苏东海西南）人。会昌进士。宣宗大中年间，入太原幕府为掌书记，因直言获罪，被贬为龙阳尉。后入朝，官终太学博士。有《马戴集》。

曾与贾岛、姚合等诗人唱和酬赠。其诗作多写怀才不遇之叹与羁旅漂泊之愁，在忧郁感伤中不乏沉着明快，尤以五律见长。

楚江怀古

露气寒光集，微阳下楚丘。①

猿啼洞庭树，人在木兰舟。②

广泽生明月，苍山夹乱流。③

云中君不见，竟夕自悲秋。④

①**寒光**：秋季天凉，似乎阳光也带着寒气。**微阳**：夕阳。**楚丘**：楚地的山丘。湘江一带属古楚国地。　②**洞庭**：即洞庭湖，在今湖南北部。**木兰舟**：船的美称。木兰，一种有微香的树。　③**广泽**：宽广的水泽，指洞庭湖。**夹**：约束。**乱流**：汹涌的水流。④**云中君**：本是屈原《九歌》中的篇名，为祭祀云神而作。这里代指屈原。**竟**：终。

　　这首诗是诗人被贬龙阳县尉途经洞庭湖时所作。诗中通过对洞庭湖景色的描写，抒发了怀古的幽思，并寄寓自己怀才不遇的伤感。诗歌情感细腻低回，词华淡远，含蓄蕴藉，自有一种清新婉约的格调。其中"猿啼洞庭树，人在木兰舟"一联，视听结合，动静相融，历来受到人们的推崇。《升庵诗话》云："前联虽柳恽不是过也，晚唐有此，亦希声乎！严羽卿称戴诗为晚唐第一，信非溢美。"

diào　　　　　　　　shù
调角断清秋，征人倚戍楼。①

zhǒng
春风对青冢，白日落梁州。②

大漠无兵阻，穷边有客游。③

bō
蕃情似此水，长愿向南流。④

①调角：吹号角。断：尽，占尽。戍楼：有兵士驻守的城楼。②青冢：指王昭君墓，在今内蒙古呼和浩特西南。梁州：当指凉州，今甘肃永昌以东、天祝以西的地区，唐时一度为吐蕃占领。③穷边：极远的边地，绝塞。④蕃情：吐蕃人民的心愿。向南流：比喻吐蕃人民向南归附唐朝的心愿。

张乔，生卒年不详，字伯达，池州（今安徽贵池）人。懿宗咸通年间，与许棠、郑谷等合称『十哲』。咸通末年，居安徽九华山而终，时号『九华四俊』。黄巢起兵后，隐喻坦之，与许棠、张蟾（pín）周繇一起参加京兆府试，其诗以五律写得最多也最好，意境开阔疏朗，颇得中唐律诗韵味。《全唐诗》存诗两卷。

　　宣宗大中年间，唐西部与少数民族政权接壤的地区一度出现了和平安定的局面，这就是本诗大致的写作背景。诗前四句写景，描绘边地所见，雄浑辽阔中见出意绪悠远。第二句用"倚"字代"守"字，正传达出边塞安宁、征人无事的微妙神旨。后四句则直抒胸臆，既体现了诗人对当前边关无战事、人民自由出入的赞赏，也表达了希望各民族人民和平共处的强烈愿望。所以结句直说如果蕃情能像河水一样，长久地向南流入中原，那有多好啊！这是诗人的妙想，也是全诗的妙句。《诗境浅说》云："此诗高视阔步而出，一气直书而仍有顿挫，亦高格之一也。"

崔
涂

除
夜
有
怀

迢递三巴路，羁危万里身。①

乱山残雪夜，孤烛异乡人。

渐与骨肉远，转于僮仆亲。②

那堪正飘泊，明日岁华新。③

①**迢递**：遥远漫长的样子。**三巴**：汉末分巴郡为巴、巴东、巴西三郡，地在今四川东部、重庆、湖北西部一带。**羁危**：旅途艰危。**万里身**：指自己离家万里之外。　②**骨肉**：亲人。　③**堪**：忍受。**岁华**：年华。

僖宗中和年间，黄巢领导的义军攻入长安，僖宗奔蜀。作者入蜀应试，客居异乡，在除夕夜写下了这首诗。诗人把离愁乡思放在除夕这个特定的日子中，再着意渲染环境的孤寂凄清，非常生动地刻画了一个离家万里的游子的悲愁心情，情真意切，格外能引起人们的共鸣。诗中的"乱山"一联，与马戴《灞上秋居》"落叶他乡树，寒灯独夜人"两句，有异曲同工之妙。《唐诗品汇》云："平生客中除夕诵此，不复更作。"

崔涂，生卒年不详，字孔山，江南人。光启进士。其游踪遍历巴蜀、吴楚、秦陇、河洛等地，因此诗多羁旅漂泊之作。诗风平易自然，意境苍凉曲折。《全唐诗》存诗一卷。

几行归塞^{sài}尽，念尔独何之？①

暮雨相呼失，寒塘欲下迟。②

渚^{zhǔ}云低暗度，关月冷相随。③

未必逢矰缴^{zēngzhuó}，孤飞自可疑。④

①塞：边塞。念：思索。何之：到哪儿去。　②相呼失：指孤雁飞鸣，呼唤飞失的伙伴。迟：迟疑不决。　③渚云：洲上的浮云。渚，水中小块的陆地。度：越过，穿过。关月：边塞上空的月亮。　④逢：遭受。矰缴：射猎禽鸟的工具。矰，短箭。缴，系在箭上的丝线。疑：疑惧，忧虑。

这是一首咏物诗。好的咏物诗不仅要求肖其形，更要得其神。在这首诗中，两者都得到了几近完美的体现。诗咏雁，紧扣"孤"字作文章。其中"暮雨相呼失，寒塘欲下迟"一联，写尽孤雁只影悲鸣、心存疑忌的神态，苦况逼人，为后世推赏。结尾荡开一笔，谓孤雁失群，未必是遭遇弓矢，借此托物抒情，比喻自己未必遭小人中伤，却一直怀才不遇，志不获展。这一点也是本诗的深层意蕴所在。《唐诗选脉会通评林》云："起句即悲，通篇情景相称，优柔不迫，佳作也。"

崔涂

孤雁

杜荀鹤

春宫怨

早被婵娟误，欲妆临镜慵，^{yong} ①

承恩不在貌，教妾若为容？ ②

风暖鸟声碎，日高花影重。 ③

年年越溪女，相忆采芙蓉。 ④

①婵娟：女子姿容姣美的样子。临：对着。慵：懒。
②承恩：古代指女子得到君王的宠爱。若为容：谓为谁精
心妆扮呢。 ③重：浓密。 ④"年年"二句：谓宫女常
常回忆起当年与女伴们一起采荷花的欢乐场景。越溪女，
原指西施在越溪浣纱时的女伴，此处借指为宫女的旧女伴。
芙蓉，荷花。

　　这是一首著名的宫怨诗，诗中抒写了一位失
意宫女的幽怨。前二联直接描写宫女的心理活动。
颈联以宫中春景烘托宫庭生活的寂寞
无聊，反衬出宫女的苦恼，既道
出千古宫怨诗的主旨，又暗
含历代贫士不遇的悲慨。
尾联又从对面着笔，
通过回忆从前与
女伴一起采莲的
自由生活，委婉
地道出自己的怨
情。《幕府燕闲录》
云："杜荀鹤诗鄙
俚近俗，惟《宫词》
为唐第一。"

杜荀鹤（846—904），字彦之，号九
华山人，池州石埭（今安徽石台）人。相
传是杜牧的儿子。大顺进士。曾入宣州节
度使幕府。后入梁，受到梁主朱温的赏识，
授翰林学士、主客员外郎，不久即病死。
他身处唐末五代乱离之中，诗风上承元稹、
白居易一派，敢于直面黑暗的现实，抨击
弊政。其诗以短小精悍的律诗和绝句居多，
语言通俗浅近，后世称为『杜荀鹤体』。有
《唐风集》。

韦

庄

章台夜思

清瑟怨遥夜，绕弦风雨哀。①

孤灯闻楚角，残月下章台。②

芳草已云暮，故人殊未来。③

乡书不可寄，秋雁又南回。④

①清瑟：指凄清的瑟声。瑟，一种弦乐器。遥夜：长夜。　②楚角：楚地的号角声。章台：又称章华台，故址在今湖北监利西北。　③芳草：借指春光。云：语气助词，无实义。"故人"句：化用南朝江淹《休上人怨别》："日暮碧云合，佳人殊未来。"殊，犹，还。　④乡书：家信。"秋雁"句：古时有雁足传书的说法。大雁南回，则无法捎信给北方的亲人。

这是诗人避难湖北时所写的一首怀乡之作。首联借清瑟之音渲染气氛，为全篇笼上一层凄凉的氛围。颔联切题，写章台夜景，色泽暗淡，进一步加浓了凄苦的氛围，同时暗示心事之重。颈联顺势抒怀，感慨自己岁月蹉跎，一事无成，而人情冷暖，世态炎凉。尾联以秋雁作结。诗歌前半部神韵悠长，后半部则笔力老健。近人俞陛云评之为："高唱入云，风华掩映。"（《诗境浅说》）《唐诗摘钞》则云："句调坚老，晚唐所罕。"

韦庄（约836—910），字端己，长安杜陵（今陕西西安东南）人。乾宁进士，授校书郎。后入蜀依附王建，任记室，劝王建称帝，以功拜相。其诗诗风清丽飘逸，有《浣花集》。近体诗尤为后人所称道，内容多写流离漂泊的经历和离别思乡的情思。其中以《秦妇吟》最为有名，人因称『秦妇吟秀才』。

移家虽带郭，野径入桑麻。^①

近种篱边菊，秋来未著花^{zhuó}。^②

扣门无犬吠，欲去问西家。^③

报道山中去，归来每日斜。^④

①**移家**：迁居。**带**：绕。这里指靠近。**郭**：外城，泛指城镇。**野径**：山野中的小路。②**著花**：开花。③**扣门**：敲门。④**报道**：回答说。

本篇是诗人去探访隐居苕溪（在今浙江湖州境内，注入太湖）的友人陆羽（字鸿渐）不遇而作。诗歌全用白描手法，轻描淡写，却勾勒出一幅浸有浓浓乡村气息的秋景图。诗中不用对偶，不拘平仄，语言平直如话，通晓流畅，语意超脱，有佛家出尘之意。《唐诗摘钞》云："极淡极真，绝似孟襄阳笔意。"

皎然（720—800?），字清昼，俗姓谢，湖州（今属浙江）人。早年勤学，广涉经史。天宝年间在杭州灵隐寺受戒出家。曾游历苏州、荆门、襄阳一带，晚年居湖州杼山妙喜寺。他是唐代较为杰出的诗僧，诗风淡雅闲逸，不落俗套，常得佛家玄妙之趣。曾著《诗式》《诗评》两部诗歌理论著作。有《杼山集》。

皎然

寻陆鸿渐不遇

昔人已乘黄鹤去，此地空余黄鹤楼。①

黄鹤一去不复返，白云千载空悠悠。

晴川历历汉阳树，芳草萋萋鹦鹉洲。②

日暮乡关何处是，烟波江上使人愁。

①昔人：指传说中的仙人。相传古时仙人子安、三国时仙人费文祎都曾乘鹤过黄鹤楼。**黄鹤楼**：在今湖北武汉，下临长江，为登览胜地。　②**晴川**：指阳光照耀下的长江。**历历**：清晰的样子。**汉阳**：武汉三镇之一，与黄鹤楼隔江相望。**萋萋**：草木茂盛的样子。**鹦鹉洲**：长江中的小洲名，在黄鹤楼东北。相传汉末黄射在此大会宾客，有人献鹦鹉，名士祢衡作赋，因名。

这是一首登楼览胜的千古绝唱。首联以黄鹤楼的传说点题。颔联由传说生发，抒发了人生短暂而宇宙无穷的慨叹。颈联写景。尾联由景生出乡思，使情景交融。诗歌即眼前景，抒心中情，以歌行句式，行律诗之体，一气流转，浑然天成，高唱入云。宋人严羽推本诗为唐人七律第一。据辛文房《唐才子传》载，李白登黄鹤楼，本拟题咏，见到此诗后不禁为之搁笔，有"眼前有景道不得，崔颢题诗在上头"之叹。《批点唐诗正声》云："气格音调，千载独步。"

崔颢（？—754），汴州（治今河南开封）人。开元进士。曾任太仆寺丞，官终尚书司勋员外郎。早年放浪不羁，诗歌也流于滑薄。后漫游各地，阅历日渐丰富，诗风一卷。有《崔颢诗集》也在变化中趋于成熟。其诗以边塞诗最佳，慷慨豪迈，风骨道劲，对唐代中后期的边塞诗风产生了一定的影响。《全唐诗》存诗

崔　颢

黄鹤楼

岧峣太华俯咸京，天外三峰削不成。①

武帝祠前云欲散，仙人掌上雨初晴。②

河山北枕秦关险，驿路西连汉畤平。③

借问路旁名利客，何如此处学长生！④

①岧峣：山势险峻的样子。太华：即华山，在华阴南侧。俯：俯视。咸京：本指咸阳（今陕西咸阳东），为秦朝国都。因离唐都长安不远，所以唐人多用来代指长安。天外：形容山势高峻，耸出天外。三峰：指华山的莲花、玉女、明星三峰。削不成：《山海经·西山经》："太华之山，削成而四方。"这里是反用其意，指雄伟天成，不是人力所能削凿出来的。　②武帝祠：汉武帝登华山时，在仙人掌峰筑巨灵祠，又称武帝祠。仙人掌：华山东顶峰。相传峰侧有巨灵神掌印，故称。　③河山：指黄河和华山。枕：靠着。秦关：指函谷关，在今河南灵宝东北。驿路：指交通要道。汉畤：即五畤，秦汉时祭天帝的处所，在今陕西凤翔南。　④名利客：追名逐利的人。这里泛指行人。学长生：求仙学道以求长生不老。

　　这首诗是唐玄宗开元十年（722）诗人赴试时途经华阴（今属陕西）所作。诗中描写了在华阴见到的景物，抒发了仕途奔波的感慨。首联总写华山横空出世的高峻奇姿。二、三联分写华山雄壮空阔之景。末联忽出奇笔，寄托感慨，微寓谐谑。诗歌融神话古迹与山河胜景于一炉，诗境雄浑壮阔，格式上则打破律诗起、承、转、合的定式，别具神韵。《批点唐诗正声》云："雄浑沉壮，后人不敢着笔。"

望蓟门

祖咏

燕台一去客心惊，笳鼓喧喧汉将营。①

万里寒光生积雪，三边曙色动危旌。②

沙场烽火侵胡月，海畔云山拥蓟城。③

少小虽非投笔吏，论功还欲请长缨。④

①燕台：即幽州台，也即传说中战国时燕昭王为求贤而筑的黄金台。客：诗人自称。笳鼓：泛指军乐。笳，胡笳，一种弦乐器。喧喧：喧闹的样子。汉将营：借指唐营。
②寒光生积雪：倒装句式，正常语序为"积雪生寒光"。三边：本指幽、并、凉三州，这里泛指边防要地。动危旌：军旗高高飘扬。③侵：遮掩。海畔：海边，也泛指边塞。蓟城：即蓟门，唐代幽州州治，边防要地之一，在今北京德胜门外。④投笔吏：指班超。据《后汉书·班超传》记载，班超年轻时曾做过抄写文书的小吏，有一天投笔叹息说："大丈夫无他志略，犹当效傅介子、张骞立功异域，以取封侯，安能久事笔砚间乎！"于是弃文从武，后以军功封定远侯。请长缨：指到边疆去建立功勋。据《汉书·终军传》载，西汉终军自请出使南越。他对汉武帝说："愿受长缨，必羁南越王而致之阙下。"后来果然说服南越王归附汉朝。长缨，拘系犯人的长绳。

祖咏，生卒年不详，洛阳（今属河南）人。开元进士。曾任驾部员外郎，后隐居不出。他与王维、卢象、储光羲、王翰等友善，多有唱和之作。作诗喜用五言形式，七言也颇有特色。其诗内容以羁旅赠别为主，善于写景，注重经营意境，风格简练清淡。《全唐诗》存诗一卷。

　　这首诗通过对登上燕台遥望蓟门时的所见、所闻、所感的描写，表达了诗人从戎报国的豪情壮志。诗歌从"望"字生发，由"惊"字贯穿全篇之景。起句警拔突兀，以"惊"字写登台远望的感受。以下五句分写望中所见，或虚或实，或近或远，或声或色，层次鲜明，充分地展现出蓟门一带山川的壮美和军威的强大，反映出盛唐蓬勃奋发的时代风貌。全诗结构浑融，一气流转，意境开阔，气象雄浑，是典型的盛唐之声。《唐风定》云："整峻高亮，睥睨王、李。"

九日登望仙台呈刘明府

汉文皇帝有高台，此日登临曙色开。①

三晋云山皆北向，二陵风雨自东来。②

关门令尹谁能识，河上仙翁去不回。③

且欲近寻彭泽宰，陶然共醉菊花杯。④

①高台：即望仙台，西汉文帝为祭望河上公所筑，故址在今河南陕县西南。**曙色**：拂晓时的天色。　②三晋：战国时韩、赵、魏三家分晋，各自建立了国家，统称"三晋"。其地有今山西大部、河北西南部、河南北部和陕西一角。**皆北向**：指都在望仙台北面。**二陵**：《左传·僖公三十二年》："崤有二陵焉，其南陵，夏后皋之墓也；其北陵，文王之所避风雨也。"崤山在今河南洛宁北部，西北与陕县接壤。陵，山丘。　③关门令尹：指春秋时把守函谷关的官员尹喜。《史记·老庄申韩列传》载："老子见周之衰，乃遂去。至关，关令尹喜曰：'子将隐矣，强为我著书。'于是老子乃著书上下篇，言道德之意五千言而去。"**河上仙翁**：指河上公。《神仙传》载："河上公，汉文帝时结草为庵于河之滨。帝幸其庵，公授《素书》一卷，遂失所在。"　④彭泽宰：晋陶渊明，曾任彭泽令。这里代指刘明府。**陶然**：舒畅快乐的样子。**菊花杯**：即菊花酒。

崔曙（?—739），原籍博陵（今河北安平）。早年贫寒，流寓宋州（今河南商丘）。开元进士，授河内尉。第二年卒。曾与薛据等交游。其诗吐词委婉，情意悲凉。《全唐诗》存诗一卷。

本诗是诗人重阳登高邀请友人刘明府（唐代对县令的尊称）共饮之作，兼有投赠和怀古的意味。诗的首联点明地点和时间。颔联写登台远眺所看到的景象，即景用事，意境开阔，很有盛唐气概。颈联以尹喜、河上公的传说与望仙台的"仙"字对应，引出尾联的刘明府来。尾联说明邀饮之意。全诗一意直下，用事贴切，语意蕴藉。《增定评注唐诗正声》云："慷慨写意，中唐人无此气骨。"

朝闻游子唱离歌，昨夜微霜初度河。①

鸿雁不堪愁里听，云山况是客中过。②

关城曙色催寒近，御苑砧声向晚多。③
　　　　zhēn

莫见长安行乐处，空令岁月易蹉跎。④
　　　　　　　　　　cuō tuó

李颀

送魏万之京

①游子：指魏万。万后改名颢，博平（今属山东）人，隐居王屋山，自号王屋山人。"昨夜"句：以拟人化手法，点明时已深秋。河，指黄河。　②况：何况。客中过：旅途当中所经过。　③关：指潼关，在今陕西东部。曙色：拂晓时的天色。一作"树色"。御苑：本指皇家园林，这里指京城长安。砧声：捣衣声。砧，捣衣用的垫板。向晚：傍晚。　④空：徒然。蹉跎：时间白白过去。

　　这是一首送别诗。首联应题，点明送别的时间。颔、颈二联悬想友人在途中的景况以及到达长安后的情景。尾联语重心长地对友人提出了劝勉。全诗融叙事、写景、抒情于一炉，写景凄切，情韵缠绵，以工于炼句为后人称许。如颈联"关城"两句，情景交融，"催""近"二字尤见功力。《唐风定》云："高华俊亮，与摩诘各成一调。"

凤凰台上凤凰游，凤去台空江自流。①

吴宫花草埋幽径，晋代衣冠成古丘。②

三山半落青天外，二水中分白鹭洲。③

总为浮云能蔽日，长安不见使人愁。④

李白

登金陵凤凰台

①**凤凰台**：在今江苏南京城西南凤凰山上。据《宋书·符瑞志》载，南朝宋文帝时，有异鸟翔集山间，时人以为凤凰，于是筑台山上，称凤凰台。　②**吴宫**：三国时吴国曾建都金陵（今南京），修筑王宫。**埋**：指淹没、掩盖。**晋代**：指东晋，在金陵建都。**衣冠**：指当时的名门望族。**丘**：坟墓。　③**三山**：又称护国山，在今南京市西南长江边。因山上三峰并峙，故称。**"二水"句**：秦淮河流经南京后，注入长江，白鹭洲横亘其间，使江水分为两支。白鹭洲，古代长江中的沙洲名，约在今南京水西门外，以洲上常聚白鹭得名。后江流西移，不复存在。　④**"总为"句**：暗用陆贾《新语》"邪臣之蔽贤，犹浮云之障日月也"句意。浮云，比喻朝中的奸臣。日，喻皇帝。

　　李白很少写作律诗，但这首诗却是唐代律诗中脍炙人口的杰作。首联不避重复，连用三个"凤"字，音节圆转明快，富于韵律美。中间二联谓吴宫花草与晋代衣冠俱成往事，只有三山二水依然流峙，申足首联"台空江自流"的意旨。尾联由连翩浮想回到现实，寓意言外，抒发了忧谗愤讥之心与忠君爱国之意。全诗意境苍凉，气势雄壮，颈、尾两联都是千古传诵的名句。后人常把本诗和崔颢的《黄鹤楼》相提并论，以为难分轩轾。《瀛奎律髓》云："太白此诗与崔颢《黄鹤楼》相似，格律气势未易甲乙。"

嗟君此别意何如，驻马衔杯问谪居。①

巫峡啼猿数行泪，衡阳归雁几封书。②

青枫江上秋帆远，白帝城边古木疏。③

圣代即今多雨露，暂时分手莫踟蹰。④

①嗟：叹息。衔杯：饮酒。谪居：贬官的地方。　②巫峡：在今重庆巫山东，是长江三峡之一。这里泛指李少府贬谪经过的地方。啼猿：古代巴东民歌："巴东三峡巫峡长，猿鸣三声泪沾裳。"数行泪：语义双关，指猿啼之声哀切，也指李少府因为听到猿啼而落泪。衡阳：即今湖南衡阳。这里泛指李少府贬谪经过的地方。归雁：衡阳有回雁峰，相传秋天大雁南飞，到这里就不再往南了。书：信。　③青枫江：在今湖南长沙境内。白帝城：在今重庆奉节东。　④圣代：圣明的时代。雨露：喻指朝廷的恩泽。踟蹰：这里是烦恼的意思。

高适

送李少府贬峡中王少府贬长沙

这首送别诗抒写依依惜别的深情和对友人的劝勉。首联应题，尾联以劝勉作结，中间二联则以巫峡啼猿、白帝城等景物切合送李少府去峡中，以衡阳归雁、青枫江等景物切合送王少府去长沙，两两分写。全诗章法严密，一气舒卷，高华俊朗，是盛唐七律中的成熟之作。《唐诗援》云："似怨似嘲，大无聊赖。"

鸡鸣紫陌曙光寒，莺啭(zhuàn)皇州春色阑。①

金阙晓钟开万户，玉阶仙仗拥千官。②

花迎剑佩星初落，柳拂旌旗露未干。③

独有凤凰池上客，《阳春》一曲和(hè)皆难。④

岑 参

奉和中书舍人贾至早朝大明宫

①**紫陌**：京城长安的道路。**皇州**：指京师长安。**阑**：尽。　②**金阙**：指大明宫。大明宫是唐代举行朝会等重要仪式的场所。**户**：指宫门。**仙仗**：指皇帝的仪仗。③**剑佩**：有饰物的宝剑，也是朝会时的仪仗。　④**凤凰池上客**：指时任中书舍人的贾至。凤凰池指中书省。因中书省执掌机密，接近皇帝，故称。《阳春》：古代楚国歌曲名，属于较高雅的音乐。后用来比喻高深的文艺作品。此借指贾至原诗。

这首诗是唱酬之作。诗紧扣"早朝"之题："曙光""晓钟""星初落""露未干"，都是围绕着"早"；"金阙""玉阶""仙仗""千官""旌旗"，都是铺叙"朝"。尾联点出唱和之意，虽自谦而尊人，终不免流露奉承溢美的意思，显得格调不高，在一定程度上使诗歌庄严华贵的整体气象遭到破坏。这首诗可与王维的同题之作互相参看。《唐风定》云："早朝诗第一，在右丞上，杜公不足骖驾。"

附：贾至原作

早朝大明宫呈两省僚友

银烛朝天紫陌长，禁城春色晓苍苍。
千条弱柳垂青琐，百啭流莺满建章。
剑佩声随玉墀步，衣冠身染御炉香。
共沐恩波凤池里，朝朝染翰侍君王。

绛帻^{zé}鸡人报晓筹，尚衣方进翠云裘。①

九天阊阖^{chāng hé}开宫殿，万国衣冠拜冕旒^{miǎn liú}。②

日色才临仙掌动，香烟欲傍衮^{gǔn}龙游。③

朝罢须裁五色诏，佩声归到凤池头。④

①绛帻：红色的头巾。鸡人：古代宫中报晓的卫士。尚衣：唐时设有尚衣局，掌管皇帝的服饰。翠云裘：饰有翠绿云纹的皮衣。 ②九天：九重天，指皇宫。阊阖：神话传说中的天门。这里指宫门。万国衣冠：指各国派来朝拜皇帝的使臣。冕旒：古代帝王、诸侯、卿大夫所戴的礼帽。这里代指皇帝。 ③仙掌：也称障扇，皇帝的一种仪仗，用来蔽日障风。香烟：指宫中御炉里散发出的芳香烟气。衮龙：指皇帝穿的龙袍。 ④裁：剪裁。此指写作。五色诏：用五色纸写的诏书。佩声：身上佩带的饰物相互撞击发出的声音。凤池：又称凤凰池，指中书省。

这是唐肃宗乾元元年（758）王维任太子中允时所写的一首唱和诗。诗中运用细节描写和场景渲染，写出了庄严华贵的早朝景象。首联渲染早朝氛围，中间四句正面描写，尾联则关照贾至的原诗。这虽然是一首和诗，却不合原韵，只和其意，雍容伟丽，造语堂皇，格调谐和，堪称唱和诗中的杰作。《唐诗选胜直解》云："应制诗庄重典雅，斯为绝唱。"

和贾舍人早朝大明宫之作

王维

渭水自萦秦塞曲，黄山旧绕汉宫斜。①

銮舆迥出千门柳，阁道回看上苑花。②

云里帝城双凤阙，雨中春树万人家。③

为乘阳气行时令，不是宸游玩物华。④

①**渭水**：即渭河，黄河最大的支流。**萦**：环绕，缠绕。**秦塞**：秦地。古代秦国地势险要，四面都是关塞，因此又称"四塞之国"。**曲**：地势纡折。**黄山**：指黄麓山，在陕西兴平县北。汉代在此建有黄山宫。　②**銮舆**：皇帝的车驾。**迥出**：远出。**千门**：指重重宫门。**上苑**：即上林苑，本是汉代宫苑，这里泛指唐代的皇家园林。　③**帝城**：指京城长安。**双凤阙**：指大明宫前的翔鸾、栖凤两阙。阙，古代宫门前的望楼。　④**阳气**：春气。**行时令**：谓顺应时令，宣导万物。**宸游**：皇帝出游。**物华**：美好的景物。

奉和圣制从蓬莱向兴庆阁道中留春雨中春望之作应制

唐时从宫城的大明宫（即蓬莱宫）到兴庆宫，直到长安城东的曲江，建有阁道（高楼间架空的通道）。本诗就是唐玄宗由阁道出游时所作之诗的奉和之作。诗的前三联摹写了玄宗出游时所看到的景色。尾联以颂语作结，不脱应制诗通例。全诗取景布局饶有特色，对仗精工，措辞典丽。其中"雨中春树万人家"一句，写景清新，轻描淡写地勾勒出一副长安春雨图，很受后人称道。《唐诗摘钞》云："风格秀整，气象清明，一脱初唐板滞之习。"

积雨空林烟火迟，蒸藜炊黍饷东菑。 ①

漠漠水田飞白鹭，阴阴夏木啭黄鹂。 ②

山中习静观朝槿，松下清斋折露葵。 ③

野老与人争席罢，海鸥何事更相疑？ ④

①积雨：久雨。烟火迟：指炊烟缓缓升起。藜：一种草本植物，嫩叶可以食用。这里泛指菜蔬。黍：黄米。这里泛指粮食。饷：送食物给人。东菑：东边的田地。菑，初耕的田地。 ②漠漠：密布貌。阴阴：浓密昏暗的样子。 ③习静：修习宁静的心性。槿：即木槿，一种落叶灌木。清斋：素食。露葵：带露水的葵菜。 ④野老：山野老人。指作者自己。争席：指争名夺位。海鸥：《列子·黄帝篇》载，古代有人喜欢鸥鸟，每天到海边与群鸥玩耍。他的父亲知道后，希望他捉几只回去。等他那天到了海边，鸥鸟似乎知道他的来意，"舞而不下"，不再与他亲近了。这里以海鸥喻指世人。更：再，还。

本篇诗题又作《秋归辋川庄作》，是诗人四十五岁再度归隐后所作。诗中描写了辋川（在今陕西蓝田境内）庄久雨初歇时清幽恬静的景物，表现了诗人隐居心情的淡泊。前四句以烟火升起，白鹭飞过，黄鹂鸣叫反衬出久雨初歇时空林的静寂，是以动写静的名句。颈联用观槿、折葵写参禅的生活，衬托对世事的淡漠之心。尾联用典抒写心境。全诗语意淡雅，写景自然，正所谓"诗中有画，画中有诗"。《唐诗选脉会通评林》云："清脱无尘，出世人语。"

王维

积雨辋川庄作

赠郭给事

洞门高阁霭余晖，桃李阴阴柳絮飞。①

禁里疏钟官舍晚，省中啼鸟吏人稀。②

晨摇玉佩趋金殿，夕奉天书拜琐闱^{wéi}。③

强欲从君无那老，将因卧病解朝衣。④^{qiǎng}^{nuó}

①洞门：重重相对而又相通的门，指宫门。霭：凝聚。阴阴：浓密阴暗的样子。
②禁里：禁中，宫中。疏钟：疏朗的钟声。官舍：官署，衙门。省：指郭给事所在的门下省。　③趋：小步快走，表示恭敬。奉：同"捧"。天书：天子的诏书。拜：辞别，拜别。琐闱：宫门。
④强：勉强。从：追随。君：指郭给事。无那：无奈。解朝衣：脱去朝服，指辞官。

　　这首诗是王维晚年酬赠与给事郭某的。诗中颂扬了郭给事的显耀地位和勤于政事，表达了诗人希望辞官隐居的思想。诗歌写得典雅庄丽，浑涵蕴藉。结尾两句一反酬赠诗希冀引荐提拔的陈套，使人感到别开生面。《王孟诗评》云："右丞善作富丽语，自其胸怀本色，开口便是。"

丞相祠堂何处寻，锦官城外柏森森。①

映阶碧草自春色，隔叶黄鹂空好音。②

三顾频烦天下计，两朝开济老臣心。③

出师未捷身先死，长使英雄泪满襟！④

杜甫

蜀相

①**丞相祠堂**：即今武侯祠，在今四川成都市南，晋代李雄所建。**锦官城**：成都的别称。**森森**：茂密幽暗的样子。 ②**自春色**：空自有春色，暗指无人欣赏。**空好音**：空自有美妙的声音，暗指无人聆听。 ③**三顾**：诸葛亮早年隐居在隆中（今湖北襄阳西），刘备曾三次拜访他，与他商议天下大计，请他出来辅佐自己。顾，拜访。**频烦**：多次烦劳。**两朝**：指诸葛亮辅佐的刘备和后主刘禅两代。**开济**：开创基业，匡济艰危。**老臣**：指诸葛亮。 ④**"出师"句**：指诸葛亮屡次出兵伐魏，希望统一天下，没有成功，自己却病死于五丈原军中。捷，胜利，成功。

唐上元元年（760）春天，杜甫游览成都武侯祠，写下了这首千古绝唱。诗中高度评价了诸葛亮一生的功业，表达了对这位济世匡时的先贤的无限敬慕之情，同时也为诸葛亮的壮志未酬而扼腕长叹。在羡慕诸葛亮得遇明主、建功立业、痛惜其"出师未捷身先死"的情思背后，隐含的则是诗人自己怀才不遇的忧愤。全诗沉郁深挚，博大凝重，被后人视为七律中的正宗。《唐诗品记》云："千年遗下此语，使人意伤。"

客至

舍南舍北皆春水，但见群鸥日日来。①

花径不曾缘客扫，蓬门今始为君开。②

盘飧^{sūn}市远无兼味，樽酒家贫只旧醅^{pēi}。③

肯与邻翁相对饮，隔篱呼取尽余杯。④

①舍：指杜甫当时定居成都所住的浣花草堂。**春水**：春天的溪水。**但**：只。　②**花径**：花间小路。**缘**：因为。**蓬门**：茅草扎成的房门。　③**盘飧**：泛指菜肴。飧，熟食。**市远**：远离集市。**兼味**：几种食品，指菜肴丰盛。**醅**：没过滤的米酒。　④**肯**：能否。

这是一首洋溢着浓郁生活气息的诗歌。写作这首诗时，作者在成都的浣花草堂刚刚建成。诗首联从四周景色着笔，点明客人来访的时间、地点，并以"群鸥来"起兴，说明诗人待客时的心情。中间两联虚实结合，紧扣住最能显示宾主情谊的生活场景，着意渲染而又不见虚文俗套，充分体现了宾主之间真诚融洽的感情。至此，"客至"之情似已写足，但诗人却在尾联笔锋一荡，插入欲邀邻翁同饮事，看似突兀，实际上却把席间亲密无间的气氛推向高潮，在写法上可以说是峰回路转，有余不尽。《唐七律隽》云："只家常话耳。不见深艰作意之语，而有天然真致。"

西山白雪三城戍，南浦清江万里桥。①

海内风尘诸弟隔，天涯涕泪一身遥。②

惟将迟暮供多病，未有涓埃答圣朝。③

跨马出郊时极目，不堪人事日萧条。④

杜甫

野望

①**西山**：在今四川成都西，因峰顶常年积雪，所以又称雪岭。**三城戍**：指松（今四川松潘）、维（故城在今四川理县西）、保（故城在今四川理县新保关西北）三州，地与吐蕃接壤，唐时为边防重镇。**浦**：水边。**清江**：指锦江，在今四川成都南，为岷江支流。**万里桥**：在今成都城南。据《华阳国志》载，蜀汉费祎出使东吴，临行时在此桥对送行的诸葛亮说："万里之行，始于此桥。"后人因此称之为万里桥。②**风尘**：比喻战乱。**诸弟**：杜甫有四个弟弟，名杜颖、杜观、杜丰、杜占。当时只有杜占跟随他入蜀。**涕**：眼泪。③**迟暮**：形容年老。**供多病**：交给多病之身。**涓埃**：细水微尘，比喻细微。④**时**：不时，时时。**极目**：即极目远眺。**人事**：世事。

这首诗是诗人在成都时所作。题为"野望"，实则寄托着诗人深沉的家国之忧。前两联以极目四望所见景物着笔，点明题目，触景生情；又以"万里桥"作为两联中间的过渡，用饱满的笔触抒写了自己对亲人的深切思念却又无可奈何之情。第三联从自身切入，感叹自己年老多病，虽国难当头却无力报效国家，暗寓诗人以天下为己任的报国之心。尾联以"郊""极目"再次点明题旨，以"人事"总结中间两联，前后照应极有分寸，可谓一字增损不得。《瀛奎律髓》云："此格律高耸，意气悲壮，唐人无能及之者。"

剑外忽传收蓟北，初闻涕泪满衣裳。①

却看妻子愁何在，漫卷诗书喜欲狂。②

白日放歌须纵酒，青春作伴好还乡。③

即从巴峡穿巫峡，便下襄阳向洛阳。④

杜甫

闻官军收河南河北

①**剑外**：剑门关以南，指今四川、重庆一带。**蓟北**：指今河北东北部、北京、天津一带。这里是安史叛军的老巢。**涕**：泪。　②**却**：转过头去。**妻子**：妻子与儿女。**漫卷**：随手卷起。**诗书**：泛指书籍。　③**白日**：指明媚的阳光。**放歌**：尽情歌唱。**纵酒**：纵情饮酒。**青春**：即春天。　④**巴峡**：巴县（今重庆）一带江峡的总称。**巫峡**：长江三峡之一，此指三峡。**襄阳**：今湖北襄樊。**洛阳**：即今河南洛阳。这句诗下有自注："余田园在东京（即洛阳）。"

唐代宗广德元年（763）正月，历时七年多的"安史之乱"终于平息。流落梓州（今四川三台）的杜甫闻讯后欣喜若狂，挥笔写就了这首千古名作。诗中表达了诗人听到胜利捷报后喜悦兴奋的心情。全诗热情奔放，酣畅淋漓，"句句有喜跃意，一气流注，而曲折尽情，绝无妆点，愈朴愈真"（《杜臆》），被清人浦起龙誉为杜作中"生平第一首快诗"。此外，诗中六句属对，明白如话，也颇见锻炼之工。《杜诗集评》云："转宕有神，纵横自得，深情老致，此为七律绝顶之篇。"

风急天高猿啸哀，渚清沙白鸟飞回。^{zhǔ}①

无边落木萧萧下，不尽长江滚滚来。②

万里悲秋常作客，百年多病独登台。③

艰难苦恨繁霜鬓，潦倒新停浊酒杯。④

①渚：水中的小块陆地。　②落木：落叶。萧萧：风吹树叶飘落的声音。　③万里：指离家很远。悲秋：因秋生悲。百年：指一生。　④艰难：指时世艰危。苦恨：深恨，极恨。繁霜鬓：指头发花白。潦倒：穷愁失意，困顿衰颓。新停浊酒杯：指当时作者正因肺病戒酒。

　　这首诗是杜甫登高咏怀的名作。整首诗即景抒怀，融情入景，表现了诗人当时复杂的内心情感世界。诗的前四句写景，"风急"两句，具体刻画诗人登高远眺所见到的三峡秋景，似工笔细描；"无边"两句，重在表现三峡景色的整体气氛，如写意渲染。写景层次分明，浑然一体，极富立体感。后四句抒情，"悲秋"二字是联结抒情和写景的枢纽，抒发了作者晚年的羁旅之思、怀乡之情、垂暮之叹、衰鬓之怨以及家国之恨。诗歌格律精严，语言凝炼，是最能体现杜甫诗歌沉郁顿挫风格的代表之作。明胡应麟推许为"古今七言律第一"（《诗薮》）。《杜诗镜铨》云："高浑一气，古今独步，当为杜集七言律诗第一。"

花近高楼伤客心，万方多难此登临。①

锦江春色来天地，玉垒浮云变古今。②

北极朝廷终不改，西山寇盗莫相侵。③

可怜后主还祠庙，日暮聊为《梁甫吟》。④

①**万方多难**：指当前时局艰危，令人忧患的事情很多。**登临**：登高远眺。　②**锦江**：今称走马河，在今四川成都南，为岷江支流。**来天地**：指充塞在天地间。**玉垒**：山名，在今四川灌县西北。**浮云变古今**：谓古今世事，有如浮云一样变幻无常。　③**"北极"句**：谓唐王朝的基业像北极星一样稳固不可动摇。**西山寇盗**：指吐蕃军队。　④**"可怜"句**：谓蜀汉后主刘禅虽然无能，但赖有诸葛亮的辅佐，因此至今还立有祠庙。虽然如此，总觉得可怜。**聊**：权且。**《梁甫吟》**：汉乐府篇名。相传诸葛亮隐居南阳时，喜欢吟诵《梁甫吟》。

　　唐代宗广德元年（763）十月，吐蕃攻陷长安，代宗出走。同年十二月，吐蕃又攻占松、维、保三州。在这种背景下，诗人写下了这首登高抒怀的名作，抒写了忧国忧民的情怀。首联应题，提挈全篇，"万方多难"是全诗写景抒情的起点，同时也为全诗奠定了一种悲壮情调。颔联写景，颈联议论，尾联咏怀。诗歌即景抒怀，融自然景象、国家灾难、个人情思为一体，语壮境阔，格律严谨，行文曲折顿挫。清沈德潜推为"杜诗中之最上者"（《唐诗别裁集》）。《唐诗近体》云："律法甚细，隐衷极厚，不独以雄浑高调之象陵轹千古。"

清秋幕府井梧寒，独宿江城蜡炬残。①

永夜角声悲自语，中天月色好谁看？②

风尘荏苒音书绝，关塞萧条行路难。③

已忍伶俜十年事，强移栖息一枝安。④

杜甫

宿府

①井梧：井边的梧桐树。蜡炬：蜡烛。　②永夜：长夜。角：号角，军中的乐器。自语：语义双关，既指号角独自悲鸣，又指诗人自言自语。中天：指当空。　③风尘：指战乱。荏苒：时光渐渐流逝。　④伶俜：奔波流离的样子。十年：从天宝十四载（755）"安史之乱"爆发，到作者写作此诗的广德二年（764），时隔十年。"强移"句：喻指自己暂时在幕府中安身。《庄子·逍遥游》："鹪鹩（jiāoliáo）巢于深林，不过一枝。"

唐代宗广德二年（764）六月，新任成都尹兼剑南节度使严武保荐杜甫为节度使幕府参谋。这首诗就是诗人在幕府秋夜值宿时所作。诗中通过对幕府夜景的描写，表现了诗人复杂不平的心境。诗的第二句中的"独宿"是一诗之眼，振起全篇，引发下面的写景抒怀。诗歌八句皆对，既极严整从容，复带错落变化，是杜甫七律中的杰作。《唐宋诗醇》云："多少心事，于无聊中出之，字字沉郁。"

杜甫

阁夜

岁暮阴阳催短景^{yǐng}，天涯霜雪霁^{jì}寒宵。①

五更鼓角声悲壮，三峡星河影动摇。②

野哭千家闻战伐，夷歌几处起渔樵^{qiáo}。③

卧龙跃马终黄土，人事音书漫寂寥。④

①**阴阳**：指日月。**短景**：指冬季日短。景，同"影"，指日影。**霁**：雨雪初停。②**三峡**：指长江的瞿塘峡、巫峡、西陵峡。**星河**：银河。**影**：指银河在三峡水面上的倒影。　③**野哭**：野外传来的啼哭声。**千家**：一作"几家"。**战伐**：指当时蜀中的崔旰（gàn）之乱。**夷歌**：指当地少数民族的歌谣。**几处**：一作"数处"。**渔樵**：渔夫和樵夫，指唱夷歌的人。　④**卧龙**：指诸葛亮。**跃马**：指公孙述。公孙述在西汉末年曾据蜀称帝。晋左思《蜀都赋》："公孙跃马而称帝。"**漫**：任随。**寂寥**：寂寞无闻。

唐代宗大历元年（766）冬，杜甫寓居夔州（治所在今重庆奉节）西阁，衰年岁暮，寒夜难眠，写下此诗。诗中抒写了天涯沦落之感和对时世的感伤。前三联写夜中所闻所见。尾联抒发感慨。诗歌格律谨严，气象雄阔，向来被誉为杜诗中的典范之作。明胡应麟称道此诗"气象雄盖宇宙，法律细入毫芒"，并推之为七言律诗的"千秋鼻祖"（《诗薮》）。《唐宋诗醇》云："音节雄浑，波澜壮阔，不独'五更鼓角''三峡星河'脍炙人口为足赏也。"

群山万壑^{hè}赴荆门，生长明妃尚有村。①

一去紫台连朔漠，独留青冢^{zhǒng}向黄昏。②

画图省^{xǐng}识春风面，环珮空归月夜魂。③

千载琵琶作胡语，分明怨恨曲中论。④

①荆门：山名，在今湖北宜都西北。**明妃**：即王昭君。晋时因避司马昭讳改称明君，也称明妃。**村**：即昭君村，在归州（今湖北秭归）东北，与夔州相近。②**去**：离开。**紫台**：帝王所居的宫殿。这里指汉宫。**朔漠**：北方的大沙漠，指匈奴所在地。**青冢**：指昭君墓，在今内蒙古呼和浩特西南。相传塞外草色皆白，唯独昭君墓上的草呈青色，因称。③**画图**：《西京杂记》："（汉）元帝后宫既多，使画工图形，按图召幸之。宫人皆赂画工，昭君自恃其貌，独不肯与，工人乃丑图之，遂不得见。后匈奴入朝，求美人，上案图以昭君行。及去，召见，貌为后宫第一。帝悔之，而重信于外国，故不复更人。乃穷案其事，画工毛延寿弃市。"**省识**：察识，辨认。**春风面**：形容昭君的美貌。**环珮**：妇女身上的玉质装饰物，代指昭君。④**"千载"句**：谓千载以来，琵琶曲中的《昭君怨》仍弹奏不息。胡语，即胡音，指少数民族乐曲。

　　昭君出塞的故事，为历代文人广泛传诵，并形诸笔端，用诗文等多种艺术形式表现出来，杜甫的这首诗就是其中最为杰出的篇什之一。诗歌全从昭君形象落笔，起首用一"赴"字，气势不凡，既是写景，也是抒情。"独留""环珮"诸句，更是在貌似客观的描述中淋漓尽致地刻画出昭君的悲剧形象，抒发了诗人自己的情绪，给人留下难以磨灭的印象。《唐诗选脉会通评林》云："写怨境愁思，灵通清回，古今咏昭君无出其右。"

杜甫

咏怀古迹二首

诸葛大名垂宇宙，宗臣遗像肃清高。①

三分割据纡筹策，万古云霄一羽毛。②

伯仲之间见伊吕，指挥若定失萧曹。③

运移汉祚终难复，志决身歼军务劳。④

①垂：流传。**宗臣**：为后世所敬仰的大臣。**肃清高**：谓为诸葛亮的清风亮节而肃然起敬。　②**三分割据**：指魏、蜀、吴三国鼎足而立。**纡**：屈，指不得施展。**筹策**：谋略。**云霄一羽毛**：凌霄的飞鸟。比喻诸葛亮绝世独立的智慧和品德。　③**伯仲之间**：指不相上下。伯，兄。仲，弟。**伊吕**：商代的伊尹与周代的吕尚。两人都是有名的贤能大臣。**指挥若定**：指诸葛亮处理军国大事时胸有成竹，从容不迫。**失萧曹**：使萧何与曹参为之逊色。萧、曹两人是汉高祖刘邦的重要谋臣。　④**运**：指国运。**祚**：帝位。**志决**：意志坚定。**身歼**：身死。这里指以身殉职。

　　杜甫在成都瞻仰武侯祠后写了这首诗，对诸葛亮的雄才大略和高尚品节予以了热烈的歌颂，并对英雄壮志未酬表示了深切的叹惜，从而也抒发了自己的胸怀抱负。全诗除首联外，完全是议论，而且议论不流于空泛，写得极富情致。中间两联申说诸葛亮稀世杰出的功绩才干，以"一羽毛"形容其超群拔俗，以古代四位有名的贤能大臣烘托其超乎前贤的才智，都切合诸葛亮一生的事功。尾联则抒发了诗人对诸葛亮"鞠躬尽瘁，死而后已"高尚品格的由衷赞叹和大业未遂的无尽惋惜。全诗风格沉雄温丽，寄托深远。《杜臆》云："通篇一气呵成，宛转呼应，五十六字多少曲折，有太史公笔力。"

生涯岂料承优诏，世事空知学醉歌。①

江上月明胡雁过，淮南木落楚山多。②

寄身且喜沧洲近，顾影无如白发何。③

今日龙钟人共老，愧君犹遣慎风波。④

①生涯：指仕宦生涯。承优诏：得到优宠的诏命。空：徒然。 ②江：长江。江州（今江西九江）临长江。胡雁：北方来的雁。淮南：江州在淮河以南，古属楚地。木落：树叶飘落。 ③寄身：指客居他乡。沧洲：滨海之地，指扬州。扬州近海。顾影：回看自己的身影。无如：无奈。 ④龙钟：年老迟钝的样子。遣：教，这里是叮嘱的意思。

江州重别薛六柳八二员外

唐德宗建中三年（782），李希烈叛军攻占随州。原为随州刺史的刘长卿被迫流寓江州，后入淮南节度使幕府。这首诗就是诗人离开江州赴任时赠别友人之作。诗人一生仕途坎坷，曾两次遭贬，而这次又逢州城失陷，虽蒙优诏宽恕，但难免情绪复杂，感慨尤多。诗中的"江上"一联，点明赠别的时间、地点，境界开阔，意境浑成，最为后世推赏。《唐诗成法》云："唐七律，随州词藻清洁，抑扬反覆，有味外之味，最耐人吟诵。"

长沙过贾谊宅

刘长卿

三年谪宦此栖迟，万古惟留楚客悲。①

秋草独寻人去后，寒林空见日斜时。②

汉文有道恩犹薄，湘水无情吊岂知？③

寂寂江山摇落处，怜君何事到天涯？④

①三年谪宦：指汉贾谊贬为长沙王太傅后，在长沙呆了三年，死于任上。栖迟：居留。楚客：指贾谊。长沙古属楚国。 ②人去后：指人去楼空。贾谊《鵩（fú）鸟赋》："野鸟入室兮，主人将去。"寒林：秋天的树林。日斜时：贾谊《鵩鸟赋》："庚子日斜兮，鵩集予舍。" ③汉文：指汉文帝刘恒。有道：英明有才干。恩犹薄：指汉文帝不能重用贾谊。湘水：即湘江，流经今湖南境内，是长江的支流。吊：凭吊。这是双关语，指贾谊在长沙时，曾作《吊屈原赋》以吊屈原，又指作者今天在这里吊贾谊。 ④寂寂：寂寞冷清。摇落：草木凋落。

这首诗是诗人由长洲贬谪南巴途经长沙时所作。诗歌名为吊古，实乃伤今，"后四句语语打到自家身上，怜贾正所以自怜也"（《增订唐诗摘钞》）。其特色就在于用一"吊"字，将贾谊吊屈原，自己吊贾谊连成一体，写出了志士仁人忠而被谗，壮志难酬的万古之悲，古今交融，浑然无痕。此外，诗歌用事巧妙，结句"何事"二字，含情不尽，不愧是中唐高调。《唐风定》云："深悲极怨，乃复妍秀温和，妙绝千古。"

汀洲无浪复无烟，楚客相思益渺然。①

汉口夕阳斜度鸟，洞庭秋水远连天。②

孤城背岭寒吹角，独戍临江夜泊船。③

贾谊上书忧汉室，长沙谪去古今怜。④

①汀洲：水中的小块陆地，指鹦鹉洲。原在今武汉西南长江中，今已不存。烟：指水面上的雾气。楚客：指诗人自己。湖北古属楚地。　②汉口：汉水入长江之处，在今湖北武汉。洞庭：即洞庭湖，在今湖南北部。这里指元中丞所在地。　③孤城：指汉阳城，在今湖北武汉。岭：指靠着汉阳城的龟山。寒吹角：寒风中传来号角声。戍：驻军的营垒。　④"贾谊"二句：谓贾谊因为心忧汉室艰危，一再向汉文帝上书劝谏，言词激切，被贬为长沙王太傅，他的不幸遭遇得到了古人和今人的同情。

这首诗作于诗人任鄂岳转运留后时，约在大历六年至九年（771—774）之间。诗歌从临江所见景物落笔，因景生情，从元中丞联想到历史上同贬湖湘的贾谊，对元中丞的不幸遭遇寄予了深切的同情。同时由悲人而及于己，曲折抒写了诗人自己的幽愤与感伤。全诗语言真挚，语意凄凉，寄托深远。《唐音癸签》云："七言律以才藻论，中唐莫过文房。"

刘长卿

自夏口至鹦鹉洲夕望岳阳寄元中丞

二月黄鹂飞上林，春城紫禁晓阴阴。①

长乐钟声花外尽，龙池柳色雨中深。②

阳和不散穷途恨，霄汉常悬捧日心。③

献赋十年犹未遇，羞将白发对华簪^{zān}。④

赠阙下裴舍人

①**上林**：即上林苑。本为秦朝旧苑，汉武帝扩建，在今陕西西安。这里借指唐宫苑。**紫禁**：指皇宫。古人用紫微星垣比喻皇帝的住所，所以称皇宫为紫禁。**阴阴**：树木繁茂，光线昏暗的样子。　②**长乐**：本是汉代宫殿名，这里借指皇宫。**龙池**：又名兴庆池，在唐皇宫兴庆宫内。这里泛指宫中的水池。　③**阳和**：指仲春。**霄汉**：高空。**捧日心**：指为帝王效力的心愿。据《三国志·魏志·程昱传》裴松之注引《魏书》载，程昱年少时常梦见自己上泰山，两手捧日。　④**献赋**：西汉时司马相如向武帝进献辞赋，得到武帝的赏识，被任命为郎官。这里借指参加科举考试。**华簪**：装饰华贵的簪子。这里借指裴舍人。

　　这首诗是诗人在长安多次应试不第后，投赠给一个姓裴的中书舍人的作品。诗中抒发了自己怀才不遇的感慨，婉转地表达了希望得到裴舍人援引的意思。前四句以宫苑景物烘托裴舍人的特殊身份，暗含恭维之意；后四句则点明干求的意旨。诗歌以华丽之景，饰求荐之意，因此含蓄曲折，了无俗态。《唐风定》云："天然富有，气象宏远。"

去年花里逢君别，今日花开又一年。

世事茫茫难自料，春愁黯黯独成眠。①

身多疾病思田里，邑有流亡愧俸钱。②
（fèng）

闻道欲来相问讯，西楼望月几回圆。③

①茫茫：理不清头绪的样子。黯黯：情绪低落的样子。　②邑：城镇。这里指滁州，即今安徽滁州。当时作者任滁州刺史。流亡：因无法谋生而出外逃亡的人。俸钱：官吏的薪水。　③闻道：听说。问讯：探望。

这首诗是韦应物在滁州刺史任上所作。诗中向友人李儋（字元锡）倾吐了自己感时伤世的情怀。首联叙别，中间二联写自己情绪的苦闷和思想的矛盾，尾联盼友人来访。诗歌即景生情，语言平易，情真意切。其中"身多疾病思田里，邑有流亡愧俸钱"二句，真实地反映出一个清廉正直的官员在那个特定时代里有志而无奈的心情，被北宋范仲淹誉为"仁人之言"。《唐七律隽》云："此等诗只家常话、烂熟调节，然少时读之，白首而不厌者，何也？"

韦应物

寄李儋元锡

题仙游观

仙台初见五城楼，风物凄凄宿雨收。①

山色遥连秦树晚，砧声近报汉宫秋。②

zhēn

疏松影落空坛静，细草香生小洞幽。

何用别寻方外去，人间亦自有丹丘。③

①仙台：指仙游观（在今河南登封嵩山中）前的祭台。**五城楼**：《史记·封禅书》："黄帝时为五城十二楼，以候神人于执期，名曰迎年。"这里借指仙游观。**宿雨**：隔夜的雨。**收**：停止。　②**秦**：秦地的树木，代指京师长安。长安古属秦地。**砧声**：捣衣的声音。砧，古代捣衣时用的垫板。**汉宫**：指唐宫。　③**方外**：世外。这里指神仙居住的地方。**丹丘**：传说中神仙居住的地方。这里指仙游观。

　　这是一首题咏诗，诗题一作《同题仙游观》。首联下笔便用仙家典实，作一总纲，提挈全诗。颔联着意刻画仙游观四周的景物，用"秦树""秋"点明时地。颈联回过头来描绘观内的清幽气氛，自然逗引出尾联对仙游观的称羡流连之情，并暗露诗人对隐居生活的向往。全诗章法谨严，结构完整，笔调流畅生动而又切合题旨，颇得盛唐诗歌神韵。《批点唐诗正声》云："气格近逸，音节亦雅，佳佳。"

王濬(jùn)楼船下益州，金陵王气黯然收。①

千寻铁锁沉江底，一片降幡出石头。②

人世几回伤往事，山形依旧枕寒流。③

从今四海为家日，故垒萧萧芦荻(dí)秋。④

刘禹锡

西塞山怀古

①**王濬**：字士治，晋武帝时任益州刺史。他在蜀中大造楼船，操练水师。晋太康元年（280），率军沿江东下，消灭了吴国。**金陵王气**：金陵即今江苏南京。《太平御览》卷一七〇引《金陵图》："昔楚威王见此有王气，因埋金以镇之，故曰金陵。"王气，古人迷信，认为帝王所居的地方有特殊的云气。　②**寻**：古代计量单位，八尺为一寻。**铁锁**：铁链。据《晋书·王濬传》记载，吴国为阻止王濬的军队东下，曾在长江中拦以铁链，王濬用火把它烧断。**石头**：即石头城，故址在今南京清凉山。　③**山形**：指西塞山的险峻地势。　④**四海为家**：指全国统一。**故垒**：指西塞山。西塞山在今湖北黄石东，三国时为吴国江防要塞。**萧萧**：象声词，风声。

这是一首著名的咏古诗。《唐诗纪事》载："长庆中，元微之、梦得、韦楚客同会乐天舍，论南朝兴废，各赋《金陵怀古》诗。刘满引一杯，饮已即成，曰：'王濬楼船下益州……'白公览诗，曰：'四人探骊龙，子先获珠，所余鳞爪何用耶？'于是罢唱。"诗歌叙事、写景和抒怀通体浑成，成功地将历史的兴亡和哲理的沉思融铸入苍茫雄阔的景象中，词意流转而气象宏大，具有深刻的现实意义。《一瓢诗话》云："似议非议，有论无论，笔着纸上，神来天际，气魄法律，无不精到，洵是此老一生杰作，自然压倒元、白。"

遣悲怀三首

谢公最小偏怜女，嫁与黔娄百事乖。①
顾我无衣搜荩^{jìn qiè}箧，泥他沽酒拔金钗。②
野蔬充膳甘长藿^{huò}，落叶添薪仰古槐。③
今日俸钱过十万，与君营奠复营斋。④

①谢公：本指东晋谢安，这里借指诗人妻子韦丛的父亲韦夏卿。偏怜女：本指谢安最宠爱的侄女谢道蕴，这里借指韦丛。偏怜，偏爱。黔娄：春秋时齐国很有贤名的贫士。这里借指诗人自己。乖：不顺心。 ②荩箧：草编的箱子。泥：软言相求。他：指韦丛。 ③野蔬：野菜。藿：豆叶。薪：柴禾。仰：倚仗，依靠。 ④俸钱：官吏的薪水。营：备办。奠：这里指祭品。斋：旧时指延请僧道做法事，为死去的亲友超度祈福。

昔日戏言身后意，今朝都到眼前来。①
衣裳已施行看尽，针线犹存未忍开。②
尚想旧情怜婢仆，也曾因梦送钱财。
诚知此恨人人有，贫贱夫妻百事哀。③

①身后意：关于死后的设想。 ②施：施舍。行看尽：看看就要完了。开：指打开来看。 ③诚知：确实知道。

元稹（779—831），字微之，一字威明，河南（府治河南洛阳）人。贞元九年（793）明经及第，授校书郎。元和元年（806）登才识兼茂明于体用科，任监察御史。因得罪权贵，被贬为江陵府士曹参军。后依附宦官崔潭峻，充任翰林学士承旨，复拜相。官终武昌军节度使，卒于任职。他与白居易齐名，并称「元白」两人诗歌风格相近，合称「元白体」。其诗作以乐府诗和悼亡诗最有特色，诗风虽有时不免流于俚涩，但总体上呈现精警清峭的特色。有《元氏长庆集》。

闲坐悲君亦自悲，百年都是几多时？①
邓攸无子寻知命，潘岳悼亡犹费辞。②
同穴窅冥何所望，他生缘会更难期。③
惟将终夜长开眼，报答平生未展眉。④

元稹

遣悲怀三首

①**"百年"句**：意思是就算人活百年之久，又有多少时间呢？　②**邓攸无子**：邓攸是西晋时人，字伯道，官河东太守。战乱时舍弃亲子以保全侄儿，后来没有子嗣。当时的人有"天道无知，使伯道无儿"的说法。事见《晋书·邓攸传》。**寻知命**：即将到知命之年。《论语·为政》："五十而知天命。"**潘岳悼亡**：潘岳，字安仁，西晋时人。妻子死后，他作《悼亡》诗三首，为后人广泛传诵。　③**同穴**：指夫妻死后合葬。**窅冥**：幽深渺远的样子。　④**长开眼**：传说鳏鱼眼睛终日不闭。古时又将无妻的人称为"鳏"。这里暗示自己将终身不娶。**未展眉**：眉舒展不开。此指过着清贫困窘的生活。

　　贞元十八年（802），元稹与名门闺秀韦丛结婚，婚后生活清苦，但夫妻感情亲密无间。元和四年（809），韦氏病死。元稹十分悲痛，写下了许多悼亡诗，《遣悲怀》三首即是其中的代表作。其一重点写韦丛生前贤淑的美德；其二写诗人对她的怀念与感伤；其三写诗人的自悲。诗人将自己的穷达与妻子的存亡交织起来写，撷取生活中一些真实而典型的细节，表现了妻子贤淑的美德和自己沉痛的哀思。语言看似寻常质朴，然其中的一片深情，却使人肠断魂销。清孙洙谓："古今悼亡诗充栋，终无能出此三者范围者，勿以浅近忽之。"（《唐诗三百首》）《唐贤小三昧集续集》则云："字字真挚，声与泪俱。骑省悼亡之后，仅见此制。"

白居易

时难年荒世业空，弟兄羁旅各西东。①

田园寥落干戈后，骨肉流离道路中。②

吊影分为千里雁，辞根散作九秋蓬。③

共看明月应垂泪，一夜乡心五处同。④

①世业：祖宗传下来的家业。羁旅：漂泊他乡。　②寥落：寂寞冷清，毫无生气的样子。干戈：本是两种兵器，代指战争。　③吊影：形单影吊。千里雁：古人常常用雁行来比喻兄弟。《礼记》："兄之齿雁行。"辞根：离根。古人也常用同根比喻兄弟。九秋：秋季三个月共九十天。蓬：蓬草。秋天枯后断根，随风飘扬。④乡心：思念故乡的念头。

唐德宗贞元十五年（799），宣武节度使董晋死后，其部下兴兵作乱，接着彰义节度使吴少诚又举兵反叛，河南一带战乱不息。由于漕运受阻，加上旱灾，关内大饥。诗人一族流散各地。大兄幼文时任浮梁（今江西景德镇）主簿，七兄任於潜（今浙江临安境内）县尉，十五兄任乌江（今安徽和县）主簿，另外一部分家人避乱符离（今属安徽宿州），一部分家人留在下邽（今陕西渭南）。作本诗时，诗人大约正避乱于符离。这首诗真切地抒发了在这种背景下诗人的骨肉亲情和思乡之情。全诗以骨肉亲情一线贯穿，以乡情为归束，开合动荡，自然流畅。同时造语寻常，毫不雕琢，纯用白描手法却含意深挚。《唐诗贯珠》云："诗之上界，直叙流离之苦。"

自河南经乱，关内阻饥，兄弟离散，各在一处。因望月有感，聊书所怀，寄上浮梁大兄、於潜七兄、乌江十五兄，兼示符离及下邽弟妹

猿鸟犹疑畏简书，风云常为护储胥。①

徒令上将挥神笔，终见降王走传车。②

管乐有才真不忝，关张无命欲何如。③

他年锦里经祠庙，梁父吟成恨有余。④

①猿鸟：一作"鱼鸟"。简书：古人在竹简上写字，称为简书。此指军令文书。储胥：军中营垒的栅栏。　②挥神笔：形容诸葛亮用兵如神。降王：指蜀汉后主刘禅。魏景元四年（263），魏军兵临成都，刘禅出降，被迁往洛阳。传车：古代驿站的专用车辆。　③管乐：指春秋时齐国的宰相管仲和战国时燕军的统帅乐毅。诸葛亮常以管、乐二人自比。忝：惭愧。关张：指蜀汉大将关羽和张飞。无命：死于非命。④他年：指往年。锦里：即锦城，今四川成都的别称。祠庙：指武侯（诸葛亮）祠，在今四川成都南郊。梁父吟：即《梁甫吟》，汉乐府民歌名。据《三国志·蜀志·诸葛亮传》记载，诸葛亮隐居南阳时，喜欢吟唱《梁甫吟》。

这首吊古诗是大中十年（856）诗人由梓潼随柳仲郢还朝途经筹笔驿（在今四川广元北，三国时诸葛亮曾驻军于此）时所作。诗中高度赞颂了诸葛亮的才智威名，深深叹惜他因时运不济而最终功业未成。全诗融抒情、写景、叙事、议论为一体，而议论成分更为突出。在"徒令""终见""真不忝""欲何如"这些饱含情感色彩、抑扬顿挫的议论中突出了诸葛亮"才命相妨"之恨。意境沉郁，声调悲壮。《义门读书记》云："议论固高，尤在抑扬顿挫处，使人一唱三叹，转有余味。"

李商隐

无题

相见时难别亦难，东风无力百花残。

春蚕到死丝方尽，蜡炬成灰泪始干。①

晓镜但愁云鬓改，夜吟应觉月光寒。②

蓬山此去无多路，青鸟殷勤为探看。③

①**蜡炬**：蜡烛。　②**晓镜**：早晨照镜子。**云鬓**：形容鬓发柔密如云。这里代指美丽的容颜。　③**蓬山**：即蓬莱山，传说中的海外仙山之一。**青鸟**：神话中的鸟。相传西王母曾以青鸟作为使者，邀见汉武帝。

　　这是一首著名的爱情诗，抒写了男女双方刻骨铭心的相思之情。全诗由"别"字着笔，两个"难"字已见缠绵之意。中间二联先写自己对爱情的忠贞，然后由己及彼，悬揣对方也沉浸在相思之中，从而显示出二人对爱情的真挚专一。尾联借用神话传说，表达了互通讯息的愿望。诗歌抒情回环往复，婉转深微。"春蚕"一联，用象征手法，以春蚕吐丝和蜡烛滴泪这两个意象来表现至死不渝的相思之情，尤其脍炙人口。《精选五七言律耐吟集》云："镂心刻骨之词，千秋情语，无出其右。"

怅卧新春白袷衣，白门寥落意多违。①

红楼隔雨相望冷，珠箔飘灯独自归。②

远路应悲春晼晚，残宵犹得梦依稀。③

玉珰缄札何由达，万里云罗一雁飞。④

春雨

①**白袷衣**：白色的夹衣。唐人多用来做便服。**白门**：南朝宋都城建康的西门。此处指男女欢会的地方。**违**：不顺。　②**珠箔**：珠帘。　③**晼**：日落。　④**玉珰**：女子戴在耳垂上的一种玉质装饰物。**缄**：封口。**札**：信件。**云罗**：云彩密布有如罗网。

这首诗借咏春雨抒写诗人幽会未遇后的寥落惆怅和刻骨相思之情；也有人认为是"借春雨怀人，而寓君门万里之感"，希望有人荐引。诗中把迷蒙的春雨和诗人迷茫的心境、依稀的梦境交织相融，并以春晼、云罗等自然景象烘托独归的寂寞和相思的深挚，情韵凄婉。"红楼"一联以视觉的"红"与感觉的"冷"相对，以明丽的珠箔和飘忽的灯光，细微地写出诗人寥落而迷惘的心态，尤其为后人称赏。《玉谿生诗说》云："宛转有味。"

李商隐

无题二首

凤尾香罗薄几重，碧文圆顶夜深缝。①

扇裁月魄羞难掩，车走雷声语未通。②

曾是寂寥金烬^{jīn}暗，断无消息石榴红。③

斑骓^{zhuī}只系垂杨岸，何处西南待好风？④

①**凤尾香罗**：一种轻薄名贵的绘有凤形图案的丝织品。**碧文圆顶**：指有碧绿色花纹的圆顶帐。　②**扇裁月魄**：指团扇。古代团扇圆形，裁剪得有如圆月，多为女子所用。**车走雷声**：指车辆行驶时发出的轻雷般的声音。**语未通**：来不及说上话。③**烬**：烛花。**断无**：全无。　④**斑骓**：毛色青白相杂的马。**西南待好风**：喻指恋人相会。曹植《七哀诗》："愿为西南风，长逝入君怀。"

　　这首诗写的是一种企盼佳期而不得之情。全诗采用追忆的方式，写邂逅情景生动传神，写别后相思则极富象征暗示色彩，从而使得诗歌主旨隐约难定。或以为此诗是李商隐大和九年（835）举进士未第时作，以闺中待嫁自拟；或以为此诗是写路遇情人别有所爱的记恨之作。《李义山诗集笺注》云："此咏所思之人，可思而不可见也。"

重帏深下莫愁堂，卧后清宵细细长。①
^{wéi}

神女生涯原是梦，小姑居处本无郎。②

风波不信菱枝弱，月露谁教桂叶香？③

直道相思了无益，未妨惆怅是清狂。④

①帏：同"帷"，帐幔。下：垂下。莫愁：人名，古乐府中经常歌咏的一位女子。这里代指年轻的女子。卧后：睡醒后。　②神女：指宋玉《神女赋》中提到的巫山神女。传说她曾与楚王在梦中相会。"小姑"句：南朝乐府《清溪小姑曲》："小姑所居，独处无郎。"这句诗化用其诗意。　③菱：一种一年生水生草本植物。　④直道：纵使，即使。了：完全。未妨：不妨。清狂：狂而不纵。这里指痴情。

　　这首诗写女子重帏独卧，清宵追思。一般认为，这是托寓之作，重在抒写身世际遇。颔联二句，以神女、小姑自况，以爱情离合托寓身世之遇合如梦、无所依托，运笔空灵，颇见托寓之痕。全诗语调悲愁，语意缠绵，秾丽之中有沉郁之气。《李义山诗辨正》云："通篇反复自伤，不作一决绝语，真一字一泪诗也。"

温庭筠

利州南渡

澹然空水带斜晖，曲岛苍茫接翠微。 ①
波上马嘶看棹去，柳边人歇待船归。 ②
数丛沙草群鸥散，万顷江田一鹭飞。 ③
谁解乘舟寻范蠡，五湖烟水独忘机。 ④

①澹然：水波动荡的样子。空水：空阔的水面。带：映照。曲岛：曲折江流中的岛屿。翠微：青翠的山色。 ②棹：本指船桨，这里代指船。 ③江田：江边的田地。
④解：理解，懂得。范蠡：春秋时楚人，曾助越灭吴，因功封上将军。后辞官归去，泛舟于太湖。五湖：太湖的别称，在今江苏与浙江交界处。机：机诈之心。

这首诗是温庭筠晚年所作。诗中写诗人从利州（治所在今四川广元）南渡嘉陵江时的所见所感。前三联通过对曲岛斜晖、沙柳鸥鹭的描写，透射出诗人恬然淡泊的思绪。尾联即景生情，追怀泛舟五湖的范蠡，暗含自己功成身退的理想。全诗色彩明丽，自然清新，几乎不见晚唐衰陋诗风的痕迹。《贯华堂批选唐才子诗》云："'水带斜晖'加'澹然'字，妙！分明画出落日贴水之时，不知其是水澹然，斜晖澹然也。"

苏武魂销汉使前，古祠高树两茫然。①

云边雁断胡天月，陇上羊归塞草烟。②

回日楼台非甲帐，去时冠剑是丁年。③

茂陵不见封侯印，空向秋波哭逝川。④

①**苏武**：字子卿，西汉时人。武帝时出使匈奴，被匈奴扣留，坚贞不屈，被流放至北海牧羊达十九年。昭帝时由汉使迎回长安。**魂销**：形容十分激动。　②**雁断**：指音信不通。据《汉书·苏武传》载，苏武在北海牧羊时，曾将信系在雁足上，为汉帝所得。**塞草烟**：指笼罩在一片烟雾中的塞草。　③**"回日"句**：指苏武回来时，汉武帝已死。据《汉武故事》记载，汉武帝"以琉璃、珠、玉、明月、夜光错杂天下珍宝为甲帐，其次为乙帐。甲以居神，乙以自居"。**丁年**：壮年。　④**茂陵**：汉武帝陵墓，在今陕西兴平东北。这里借指汉武帝。**封侯**：汉宣帝时苏武被封为关内侯。**秋波**：秋水。**哭逝川**：悲叹时间像流水一样，不可复返。《论语·子罕》："子在川上曰：'逝者如斯夫！不舍昼夜。'"

这首诗是诗人瞻仰苏武庙后的凭吊怀古之作。诗歌热情歌颂了苏武不屈的斗争精神和至死不渝的气节，并暗讽汉武帝的寡恩薄德。其中"云边"一联，意境浑成高远，为后世传诵。第三联手法独特，通过时间的倒置，写出苏武还朝后的沧桑感慨。沈德潜《唐诗别裁集》称为"逆挽法"，认为可以"化板滞为跳脱"，可谓有识之见。《义门读书记》云："五、六不但工致，正逼出落句。落句自伤。"

十二楼中尽晓妆，望仙楼上望君王。①

锁衔金兽连环冷，水滴铜龙昼漏长。②

云鬟罢梳还对镜，罗衣欲换更添香。③

遥窥正殿帘开处，袍袴宫人扫御床。④

薛逢

宫词

①**十二楼**：传说中仙人居住的地方。这里指宫女的住所。**望仙楼**：本为唐皇宫中楼名，这里也是泛指宫女的住所。②**"锁衔"句**：意指宫门紧闭。金兽连环，指刻着兽头形状的铜门环。**铜龙**：指饰有龙形图案的铜漏壶。漏壶是古代滴水计时的器具。　③**更**：再。**添香**：指添香熏衣。　④**袴**：同"裤"。

　　这首诗写宫女们希冀得到君主宠爱的心态，其中不无怨意。首联总起，一个"望"字写出宫女望幸之意。中间二联分别以景物烘托及动作描写，进一步刻画这种心态。尾联宕开一笔，从侧面入手，以其他宫人亲近君王，反衬自己的不蒙得宠。"遥窥"二字，尤其传神入化、淋漓尽致地表现出宫女们那种渴望、妒忌而又夹杂一丝怨恨的复杂心情，堪称点睛之笔。《唐诗三百首注疏》云："信手拈来，而深怨之情，寓乎其内。"

薛逢，生卒年不详，字陶臣，蒲州河东（今山西永济西）人。会昌进士，授秘书省校书郎。历官万年县尉、秘书郎、侍御史、尚书郎、成都少尹及巴、蓬、嘉、绵四州刺史等，官终秘书监。工诗善赋，尤其擅长七律。《全唐诗》存诗一卷。

蓬门未识绮罗香，拟托良媒益自伤。①

谁爱风流高格调，共怜时世俭梳妆。②

敢将十指夸针巧，不把双眉斗画长。③

苦恨年年压金线，为他人作嫁衣裳。④

①蓬门：茅草扎成的门。借指贫苦人家。拟：打算。
②风流：这里指优雅的风韵。格调：品格和情调。时世俭梳妆：指当时流行的新奇怪异的装束打扮。俭，通"险"。
③针巧：指善于女红。斗：攀比，炫耀。　④苦恨：深恨。压金线：指刺绣。

本篇为诗人早年屡举不第时所作。诗中用细腻洗练的笔触勾勒出了一个自伤身世的贫家女子的形象，抒发了诗人怀才不遇而又不肯求媚于权贵的情怀。诗歌语言浅易，含意蕴藉，是诗人的代表作。其中"苦恨"一联，情景交融，对比鲜明，内涵深刻，为后人千古传诵。《山满楼笺注唐诗七言律》云："此盖自伤不遇而托言也。"

秦韬玉

贫女

秦韬玉，生卒年不详，字中明，京兆（治今陕西西安）人。出身贫寒，屡举不第。后与宦官交游，为神策军判官。黄巢义军攻入长安后，随僖宗入蜀，特赐进士及第。官至工部侍郎、判度支。辛文房《唐才子传》评他的诗风为『恬和浏亮』。《全唐诗》存诗一卷。

卢家少妇郁金香，海燕双栖玳瑁梁。①
九月寒砧催木叶，十年征戍忆辽阳。②
白狼河北音书断，丹凤城南秋夜长。③
谁为含愁独不见，更教明月照流黄。④

①"卢家"句：南朝梁武帝萧衍《河中之水歌》："莫愁十三能织绮，十四采桑东陌头，十五嫁为卢家妇，十六生儿字阿侯。卢家兰室桂为梁，中有郁金苏合香。"此处化用其诗意。香，一作"堂"。**玳瑁梁**：用玳瑁装饰的屋梁。 ②**砧**：古代捣衣时用的垫板。此指捣衣声。**辽阳**：今辽宁辽河以东地区，为唐时东北边防要地。 ③**白狼河**：又名大凌河，在今辽宁南部。**丹凤城**：指京师长安（今陕西西安）。汉武帝在长安造有凤阙，后人于是以凤阙或丹凤城指代京城。 ④**流黄**：本是黄紫相间的丝织品，这里指帷帐。

《独不见》是乐府古题，但本篇事实上却是一首七律。诗题一作《古意呈乔补阙知之》。诗中抒写了少妇对久戍不归的丈夫的怀念和怨愁。首联以海燕双栖起兴，用环境气氛衬托思妇的孤独寂寞。中间二联并写思妇和征人。尾联以问作结，进一步深化闺怨之意，使诗味悠长不尽，可谓神来之笔。全诗情景浑然交融，音调和谐婉转，格律精严，不愧是早期七律中的杰作。《唐诗近体》云："精细严整中血脉流贯，元气浑然。以此入乐府，真不可多得之作。"

沈佺期

独不见

空山不见人，但闻人语响。

返景入深林，复照青苔上。①

①返景：黄昏时日光返照于东。景，同"影"。

王维

鹿柴

这是一首写景诗，诗中描绘了作者隐居地蓝田辋川附近的景点鹿柴（zhài）周围的空山深林在傍晚时分的幽静景色。诗人以他特有的画家、音乐家对色彩、声音的敏感，以清淡的笔触，捕捉住空山人语响和傍晚日光返照深林的一刹那所呈现的幽静境界。写法上则以动衬静，动静结合，以"人语响"衬山之空，以日光返照青苔写林之静，而最终动归于静。《王孟诗评》云："无言而有画意。"

独坐幽篁里，弹琴复长啸。①

深林人不知，明月来相照。

①幽篁：幽深的竹林。

这首五言绝句是诗人晚年隐居辋川时所作的纪游诗中的一首。诗人以高超的艺术技巧，在短小的篇幅中勾绘出一种清幽孤寂的意境，抒发了隐居独处的闲适情趣。从画面上看，诗中既有独处幽林弹琴长啸的诗人，又有皎洁清冷的明月；而从诗人弹琴的动作，又仿佛可以听到铮铮不绝的琴音。全诗融画面、音响于一体，营造了一种诗中有画、画中含声、动静相融、视听结合的优美艺术境界。《王孟诗评》云："一时清兴，适与景会。"

山中相送罢，日暮掩柴扉。①

春草年年绿，王孙归不归。②

王维

送别

①扉：门。 ②王孙：本指贵族子弟，这里代指送别的友人。《楚辞·招隐士》："王孙游兮不归，春草生兮萋萋。"

这是一首送别诗。作者匠心独运，没有像寻常的送别诗那样，将笔墨放在送别场景的描写上，而是转入一层，从送别归来写起。诗歌造语自然，写景精炼。"春草年年绿"一句，不仅点出春来草绿时的一番盎然春意，而且寄寓了作者无限的希望。由此，作者的依依惜别之意也就尽在不言之中了。《唐诗援》云："语似平淡，却有无限感慨，藏而不露。"

王维

相思

红豆生南国，春来发几枝。①
愿君多采撷，此物最相思。②
<small>xié</small>

①红豆：植物名，多生长于江南地区，子若扁豆，红如珊瑚，又称相思子。发：萌发。　②采撷：采摘。

这是一首咏物诗。诗人表面上是咏红豆，实际上是借红豆来抒发相思之情。诗中没有直接倾诉自己的情怀，而是从对方立意。"愿君多采撷"一句，既是希望"君"能见红豆而相思，同时也表明了自己的相思之意。诗歌蕴意委婉，一问一劝，尤觉深情绵邈。诗在当时就已经被乐工谱曲，广为流传。《唐诗三百首注疏》云："一气呵成，亦须一气读下。"

君自故乡来，应知故乡事。

来日绮窗前，寒梅著花未？^{zhuó} ①

①来日：来的时候。**绮窗**：镂花的窗户。**著花**：开花。

王维

杂诗

这首诗歌是写诗人对故乡的思念之情。诗歌纯用白描手法，通过向故乡来人询问家乡的情况，抒发诗人的故园之思。诗中的寒梅不能单纯地看作一般的自然景物，而是已经被诗人典型化、诗化了，从而成了故乡的一种象征。全诗虽然朴素自然，不见刻意修饰，却情韵悠扬，余意不尽。《诗境浅说续编》云："论襟期固雅逸绝尘，论诗句复清空一气，所谓妙手偶得也。"

终南阴岭秀，积雪浮云端。①

林表明霁色，城中增暮寒。②

①**终南**：即终南山，在今陕西西安南。**阴岭**：山的北面。　②**林表**：树林外面。**明**：闪耀。**霁色**：雪停后的景色。霁，雨雪初停。

这首诗是祖咏在长安应试时所作。据《唐诗纪事》记载，按照规定，祖咏应该写一首六韵十二句的五言排律，但他只写了这四句就交卷了。有人问他为什么，他回答道："意尽。"诗中写远望终南山余雪的景致，以及雪后城中的寒意。诗从"望"字着笔，以"余雪"为主线进行描写，既写出了"望"的细致，又写出了"余雪"的特点。笔调高浑苍秀，诗意蕴藉含蓄。《增定评注唐诗正声》云："凛凛有寒色。"

祖咏

终南望余雪